잘 쓴 이혼일지

KB192263

잘 쓴 이혼일지

지극히 사적인 이별 바이블

이휘 지음

21세기북스

나는 인생에 울퉁불퉁한 골짜기들이 생기면

그 안에 반드시 맑은 물이 고일 거라고 믿는다.

어쩌면 우리 모두의 이별 이야기

✳

인생에도 게임처럼 '세이브 포인트'가 있다면 어떨까. "여기까지 저장할까요?"라고 물었을 때 저장해 두고 마음껏 플레이하다가, 후회가 들면 다시 저장해 둔 그 시점으로 돌아가는 거다. 행여나 강력한 적에게 당하거나 죽어도 다시 시작해 깨부술 수 있고, 완전히 다른 엔딩을 맞이할 수도 있다. 그런데 그런 생각을 하다 보면 결국 한 가지 결론에 도달한다. 그게 인생일까. 그런 인생이 재미있을까. 과연 더 근사한 엔딩을 볼 수 있을까.

나는 서른넷에 이혼했다. 그리고 다행스럽게도 무탈하고 정갈하게 이혼을 마쳤다.

단 한 번도 이혼한 게 후회가 되거나 창피하다고 생각해 본 적은 없다. 오히려 속옷은 언제나 양말처럼 세트를 맞춰 입어야 한다는 철칙을 가진 내가, 몇 달 전 실수로 짝 안 맞는 속옷을 입고 외출을 했던 게 훨씬 더 창피하고 민망하다. 그날 집에 돌아와 속옷을 벗을 때 얼마나 놀라고 통탄했는지 모른다. 나는 이혼을 겪으면서 내 양심에는 더 엄격해지고, 타인의 기준에 대해서는 덜 예민해지기로 했다.

이혼 소식을 접하는 주변 사람들은 대부분 괜찮다며 나를 격려하고 위로하지만, 언제나 '왜'라는 질문이 따라붙곤 한다. 한 사람과의 유구한 역사를 정리하는 데는 그 이유도 물론 중요한 법이지만, 나는 그보다 '어떻게' 겪어냈다는 과정에 대한 대답을 길게 하고 싶었다. 이 글을 쓰기 시작한 것도 그 이유에서다.

이혼에는 어디에도 튜토리얼이 없었다. 결혼생활에는 시작과 끝이 있는데, 어떻게 된 게 이혼에는 시작만 있고 끝은 없는 것 같았다. 법원을 다녀오고 서류가 처리되고 이혼 신고가 완료되면 모든 게 끝나는 줄 알았는데 전혀 아니었다. 법적, 현실적, 정서적, 물리적 이별을 모두 거쳐야만 진짜 엔딩이 성립됐다. 나는 이 과정에서 쓰임이 많았던 내 마음의 모양들을 찬찬히 분류하고 갈무리하기로 했다. 불필요한 고민들은 공제했고, 필요하다면 감정에 각주도 달았다. 제법 근사한 코멘터리가 된 것 같다.

연애할 때 꼭 '오늘부터 1일'이라는 가장 친밀하고 사적인 명제로 관계를 정의하고 시작하는 사람들이 있다. 그런 귀엽고 흔한 약속과 함께 연애를 시작한 적은 없지만, 결혼생활을 중단하기로 결심하고 그에게 이혼을 제안한 날은 '1일'로 정해보기로 했다. 나의 이혼은 바로 그때부터 시작됐기 때문이다. 이 '1일'을 기점으로 과거를 B.C.Before Crisis, 이후의 얘기를 A.D.After Divorce로 구분해 썼다. 이혼을 마친 후의 얘기는 P.S.Present Scene에 담았다.

나는 힘든 사람들이 서로가 잘 지낸다는 신호를 무사히 주고받고 살았으면 좋겠다. 괜찮으면 괜찮아서, 괜찮지 않으면 괜찮지 않다는 이유로. 그런 의미에서 이 책은, 잘 겪어냈고 잘 지내고 있다는 신호이기도 하다. 어디선가 비슷한 아픔을 목 아프게 삼켜내느라, 진이 빠진 사람들에게 이 책이 밥과 술과 약이 되어주었으면 하는 마음이다.

〔차 례〕

B.C.
(Before Crisis)

BC	BC	BC	BC	BC
2419일	456일	3일	2일	1일

15.12.31.　　　21.05.15.
연애 시작　　　결혼

2부 현실적 이별

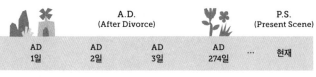

A.D.				P.S.
(After Divorce)				(Present Scene)
AD 1일	AD 2일	AD 3일	AD 274일	... 현재

22.08.14.
이혼 1일

23.05.15.
결혼기념일

3부 정서적 이별

4부 물리적 이별

5부 마침내 엔딩

1부

법적 이별

밥공기만 한
눈물

오전 8시 30분에 아침밥을 먹다가 소리 내서 울었다. 밥공기만 한 눈물이 식탁에 뚝뚝 떨어졌다. 나는 이혼을 결심했고 부모님에게 그 사실을 통보했다. 가장 놀라웠던 건 두 분 모두 놀라지 않았다는 점이다. 차라리 "나 오늘 저녁 안 먹을래"라고 말했다면 더 대단한 반응이 돌아왔을 것 같다. 그동안 내색 한번 한 적 없었는데 마치 예상하고 있었다는 듯 침착한 엄마, 아빠가 원망스럽기도 했다. 나한테 좀 일러주지. 어른의 눈으로 한 번만 말려주지. 서운한 마음도 들었다. 물론 적극적으로 말렸다고 해도 들은 척도 안 했을 나였겠지만.

조용한 식탁에서 혼자 밥을 먹다 보니 밥알보다 더 많은 생각들이 한꺼번에 쏟아졌다. 그동안 잘못산 것 같고, 내가 다 경솔했나 싶고, 그는 정말로 진실로 아무 잘못이 없는데 나만 이렇게 속이 썩어 문드러지나 싶고, 결혼은 신뢰가 바탕이라는데 남편을 믿지 못한 내가 문제인 건가 싶기도 했다. 생각이 거기까지 미치자 그렁그렁 고인 눈물이 한꺼번에 우박처럼 뚝뚝 떨어졌다. 하지만 내가 본 텍스트와 사진 들은 하나같이 나에게 말하고 있었다. '이제 그만 도망쳐. 내려와.' 그게 번개 맞은 듯 냉철하게 돌아설 수 있었던 이유들이다.

어제는 신촌 한복판에서 아빠한테 전화를 걸어 "엄마 아빠한테 너무 미안해서"라는 말을 내뱉다가 주저앉아 울었다. 밤에 바람을 쐬러 나갔다가 홍대까지 걸었다. 홍대에서 또다시 집까지 걸었다. 경의선 숲길이 참 길고 조용하게 뻗어 있었다. 결혼이 돌이킬 수 없는 선택이라는 생각이 들어 버티고 삼켰는데, 그렇게 꾸역꾸역 밀어 넣었던 것들이 소화가 되지 못하고 터져버린 것 같았다. 그렇게 터진 것들을 잘 꿰매고 돌봐야 하는 시기가 결국 도래하고야 말았다. 이 엉망진창인 감정들을 더는 너저분하게 놔두어서는 안 된다.

이혼을 결심한 이후로는 생각보다 마음이 고요하고 깨끗해졌다. 마음을 독하게 먹어야 한다는 생각조차 들지 않을 정도로 편안하고 여유로워졌다. 무엇보다 나에게는 어떤 말을 들어도 흔들리지 않을 거라는 확신이 있었다. 그리고 그가 하는 모든 말들은 실제로 아무런 영향도 없었다. 무서울 정도로 차가운 확신은 마음 깊숙이 뿌리내려 나를 점점 단단하게 만들고 있었다. 나는 그 어느 때보다 가장 이성적인 시기를 겪고 있다.

하지만 오늘처럼 마음에 물기가 있는 날에는 몇 번을 다짐해도 내 탓인 것만 같다. 사랑해야 할 사람의 실수를 용서해 주지 못한 나의 속 좁음 때문이라는 생각도 들고, 그는 내가 없으면 무엇도 해내지 못할 것 같다는 연민도 피어난다. 그렇게 몇 분을 울다 보면 다시 이성을 찾는다. 가장 불쌍히 여겨야 할 건 내 자신이라는 생각에. 나를 가장 잘 지켜줄 사람은 나라는 생각에.

더 이상의 용서와 연민은 나 자신에게 너무 가혹하다. 그저 조속히 원만히 해결되기를 바라고 있다.

사랑보다 절박한
이혼 프러포즈

● AD 29일

고백과 이별은 두 사람 간의 합의가 필요하다는 점이 참 많이 닮았다. 더 절박한 쪽이 매일 어떻게 꼬셔야 할지 하루 종일 잔머리를 굴리고, 거절당할까 봐 조마조마해한다. 더 행복하게 해줄 수 있다고 양념도 친다. 상대가 좀처럼 넘어오지 않을 때는 자존심도 내려놓고 구질구질한 방법을 쓰기도 한다. 이혼을 해보지 않은 사람은 모른다. 사랑을 쟁취하는 것만큼이나 위대한 설득이 필요한 게 이혼 프러

포즈라는 사실을. 연애를 시작할 때 서로의 동의하에 사귀는 것처럼, 이혼도 일단 양측에서 오케이 사인이 나야 법원 문턱이라도 가볼 수가 있다. 고백 직전 꽃다발을 들고 옷매무새를 정돈하는 마음가짐으로, 나와 그는 완전무장을 한 채 이혼이라는 전쟁터에 나가야 한다.

"나 이제 너랑 그만 살고 싶어."

처음 이혼 얘기를 꺼냈을 때 나는 거실 소파에 앉아서 꺼져 있는 TV를 바라본 채 멍하게 말했다. 한동안 집 안의 공기는 둘의 한숨으로만 채워졌다. 매연도 없는 집 안이 그렇게 매캐할 수가 없었다. 평소 이혼 얘기를 쉽게 하는 성격이 아니었음에도 그가 나의 말을 정말로 '진심'이라고 '받아들이기'까지는 어느 정도의 시간이 필요했다. 역시 모든 고백은 적절한 해석과 풀이가 필요하다.

국회에서 하는 필리버스터만큼 우리는 최대한 시간을 질질 끌어가며 상대방의 입을 막고 자신의 의견을 피력하는 데에만 몇 날 며칠을 소비했다. 이혼이야말로 장시간의 토론이 필요했다. 각자의 입장은 분명했다. 한 번만 더 기회를 주면 잘할 수 있다는 사람과 이미 지칠 대로 지쳐버린 사람의 창과 방패 대결. 나는 미친 사람 널뛰기를 하듯 떼를 쓰기도 하고 애교를 부리기도 하고 타이르기도 하고 막무가내로 협박도 해가며 그를 설득하는 데 상당한 에너지를 투자했다. 지나고 나서 하는 말이지만 그래 봤자 돌고 돌아 원점인 얘기들이었다.

설득의 재료 중 가장 중요한 건 확신이다. 무서우리만큼 묵직했던 이혼에 대한 확신은 그 어떤 말로도 흔들리지가 않았다. 오글거리는 말을 하면 병이라도 걸리는 사람처럼, 표현에 서툴렀던 그가 세상 절박한 말투로 좀 더 가르쳐달라고, 노력해 보겠다고 했을 때 나는 그 문자를 두 번 이상은 읽고 싶지가 않았다. 그게 참 서글펐다. 이미 늦어버린 모든 게.

이혼을 결심하고 한 달 정도 지난 어느 주말이었다. 집 근처 농수산물센터에서 대게를 사 왔다. 게살이 좀처럼 잘 빠지지가 않아서 먹기가 어려웠다.

다리를 열심히 뜯어주던 그가 소주를 컵으로 연거
푸 마시더니 심각하게 취했다. 그는 식탁 테이블에
얼굴을 파묻고 중얼거렸다.

"살고 싶지가 않다…."

유독 이런 말에 버튼이 눌리는 나에게 그 한마디
는 일종의 필살기나 다름없었다. 물론 그가 아무 생
각 없이 내뱉는 말이라는 것도 알고 있었다. 그래
도 최대한 성심성의껏 한참을 어르고 달래서 침대
에 눕게 했다. 그는 내가 없이는 살 수 없는 사람일
까. 나 역시 그가 없이는 살 수 없을까. 고민이 들었
지만 결국 이것도 지나가는 감정일 거라는 이성을
앞세워 봤다. 이렇게 한없이 이 사람을 어여삐 여
기다 보면 제일 불쌍해지는 건 나 자신일 수밖에 없
다. 그렇게 그날은 눈앞에 놓인 대게 껍데기를 어떻
게 잘 치울까를 고민하는 것으로 마음의 고비를 잘
넘겼다.

연애할 때부터 이상한 촉이 발동할 때마다 대단
한 사건들로 나의 뒷목을 잡게 했던 그를 나는 철석

같이 믿었다. 비슷한 일이 있을 때마다 어안이 벙벙
해져 우는 나에게 그는 코웃음을 치며 나를 의심 많
은 '쫄보'로 만들었다. 그 흐름에 귀찮은 듯 편승해
스스로 합리화해 가면서 잘도 속았던 것 같다. 하늘
아래 흔해 빠진 불쌍하고 평범한 와이프 같은 건 되
고 싶지 않았으나 문득 마주친 거울 속의 나는 이미
많이 상한 후였다.

　　여름에 이 습한 전쟁을 시작했던 그와 나는 결국
가을이 돼서야 법원에 갈 수 있게 됐다. 그러나 법
원에 가는 날짜를 잡는 것도 일이었다. 퇴근을 하면
틈날 때마다 달력을 펴놓고 흥정하듯 서로 날짜를
제안했다. 시장에서 막무가내로 가격 흥정을 하는
우악스러운 손님들도, 어시장 새벽 경매도 그렇게
는 치열하지 않았을 거다. 그는 신나게 날짜를 미뤄
댔고, 나는 그가 달력에 짚은 날짜들의 2~3주 앞 날
짜를 손가락으로 문대가며 합의를 이어나갔다.

　　달력 페이지가 수없이 넘겨지고 돌아오고를 반
복, 우리는 10월의 어느 화요일에 법원을 가기로 결
정했다. 막상 날짜가 다가오면 모른 척 딴소리를 할

까 봐 눈치를 보기도 하고, 그런 내 마음이 들킬까 봐 아무 일 아니라는 듯 센 척을 하기도 하면서 그렇게 불안한 한 달을 보냈다. 마치 새벽에 장황하게 쓴 연애편지를 보내놓고 어떤 답장이 올지를 기다리는 사람처럼. 그리고 무사히 이별했다.

어떻게 보면 만남과 이별은 성질이 참 닮아 있다. 사람과 사람이 어떻게 잘 만나느냐도 물론 중요하고 근사한 일이지만, 그만큼 잘 헤어지는 것도 못지않게 중요하고 대단한 일이다. 그리고 둘 다 상당한 용기가 필요하다. 좋아하는 상대에게 고백하지 못하고 혼자만의 짝사랑으로 끝나는 사람들이 있는 것처럼, 헤어져야 한다는 걸 알면서도 그 마음을 꺼낼 수 없어서 참고 사는 사람들도 있다. 그럼에도 불구하고 감정에 확신이 있다면 우리는 고백해야 한다. 더는 아프고 시리기 전에. 남아 있는 온 힘을 다해서.

인생이 불행하다고
느낄 때마다

법원을 가기 전 어느 긴 일주일이었다.

목요일에 갑자기 아빠가 돈이 필요하다고 문자를 했다. 이혼을 앞두고 괴로워하는 딸에게 2000만 원을 빌려달라고 하는 아빠는 어떤 아빠일까. 그때 아주 잠깐 내 삶이 절망적이라고 생각했다. 하지만 다행히 그 절망감은 1분 정도가 지나자 황급히 사라졌다. 사실 별일 아니었다. 몇억의 빚을 대신 청산

해 달라는 호소문도 아니었고, 죽을병에 걸렸으니 앞으로 나를 극진히 모시라는 명령도 아니었다. 정말 중요한 회의 중이라 문자를 보고도 답장하지 못했는데 정말로 급했는지 재촉하는 문자가 몇 번 더 왔다. 적금이 여기저기 묶여 있어서 아빠에게 송금할 수 있는 돈은 500만 원 정도였다. 괜찮았다. 있어도 그만 없어도 그만인 돈이라고 생각했으니까. 돈을 보내고 혹시나 하는 마음에 아빠에게 재차 물었다. 지출 계획을 세워야 하는데 언제 돌려줄 수 있는지. 아빠는 내일 연락하자는 말만 남기고 다른 대답은 없었다.

아빠와 같이 살지 않은 지는 꽤 됐고 결혼이나 이혼 같은 중대사가 아니고서는 웬만하면 연락 같은 건 안 하고 지냈다. 그러던 아빠가 이혼 얘기를 듣고 매일같이 연락을 해서 저녁은 먹었는지, 심한 말이 오가지는 않았는지를 꼭 물어봐 줬었다. 가끔 내가 전화하면 칼같이 받아줬다. 아빠는 당신의 위로를 적금이라고 생각한 걸까. 2000만 원을 만기로 탈 수 있다고 생각한 걸까. 이런 못된 생각을 하는 나도 참 제정신은 아니다. 아빠는 그랬을 리 없다.

옛날에는 안 그랬는데 요즘은 술을 먹으면 주체가 안 될 정도로 마시는 것 같다. 안주를 채우지 않고 소주만 들이부었다가 응급실까지 갔다. 길바닥에서 졸 정도로 마신 적은 20대 이후로는 없었는데 요즘은 정말 많이 취한다. 안 좋은 일을 계속 복기하고 생각하면서 마셔서 그런 것 같아 술은 기분이 좋을 때 마시기로 다짐했다. 술을 마시면 내 주변 풍경들이 더 서글프게 느껴지는 게 싫다.

금요일이었다. "나 빨래 좀 돌리고 나갈게"라는 말에 펑펑 우는 친구가 생겼다.

"언니는 그냥 빨래를 한다고 하는데 언니 것만 빨래하는 게 아니겠지. 이혼을 앞둔 언니는 얼마나 괴로울까. 나는 왜 해줄 수 있는 게 없을까. 나는 언니가 그 집에 그 사람이랑 같이 있는 게 싫어. 우리 집에 잠깐 와서 지내라고 하기에는 육아하느라 우리 집도 정신이 없는데. 한 달에 우리가 버는 돈이 얼마고, 얼마를 지출해 버리면 나는 언니를 도울 돈이 없는데. 나는 언니한테 아무것도 해줄 수가 없어서 서러운 생각이 들더라."

펑펑 우는 목소리를 듣는데 내가 정말 행복에 겨웠다는 생각이 들었다. 미안한 말이지만 그 친구가 서럽게 울수록 나는 더 행복해졌다. 요즘은 나를 계속해서 들여다봐 주고 궁금해해 주고 내가 괜찮은지 물어오는 사람들이 있다는 게 감사해서 이제 내가 그들을 위해서라도 열심히 살아야겠다는 생각이 들었다. 그들은 하나같이 호들갑 떨지 않는다. 내가 슬플지 밥은 먹었을지 이런 걸 의심치 않는다. 나는 슬프지 않고 생각보다 밥도 잘 챙겨 먹기 때문이다. 이들 덕분에 요즘의 나는 그 누구보다도 강하다. 강해진다.

토요일에는 대학로에서 공연을 하나 봤다. 집에 돌아와서 이혼할 남편에게 공연 얘기를 꺼냈다. 왜 했는지는 나도 모르겠다. 그냥 너무 외로웠고 무슨 말이라도 하고 싶었던 것 같다. 남편은 계속 TV만 쳐다볼 뿐이었다. 그가 물어왔다.

"그걸 지금 나한테 왜 얘기하는 거야?"

면전에 대고 한껏 쏘아붙이는 그의 모습에 나는

화를 참을 수가 없었다. 물론 우리가 그런 시시콜콜한 애기를 나눌 사이는 아니다. 하지만 그렇다고 우리가 이렇게 같이 한 식탁에서 밥을 먹을 사이긴 한가. 아침에 출근하기 전에 출근한다고 인사하는 게 자연스러운 사이긴 한 걸까. 결국 집구석은 매 순간마다 제멋대로 기분대로 행동하는 공간이 돼버린 지 오래인데 '지금 그걸 왜 나한테 말하느냐'는 피드백은 그냥 넘어갈 수가 없었다. 우리는 '마지막까지 서로에게 무례하지 말아야지'라는 문장을 가슴에 품고 사는 사람들처럼 굴면서도, 그 문장 뒤에는 시퍼런 칼 같은 마음도 함께 품고 있었다. 언제 서로에게 베일지 모르는 위험한 관계였다.

일요일. 운동이 끝났는데 그에게서 연락이 왔다. 집에 오는 길에 발사믹 드레싱을 사와달라고 했다. 사실 마음이 지쳐 더 이상 저녁을 같이 먹고 싶지 않았다.

"나 밖에서 일 좀 더 하다가 들어갈 거야. 우리가 하루 일과를 공유하는 사이도 아니고 각자 일정이 있는데 내가 왜 지금 발사믹 드레싱을 사 가야 해?"

"나도 억지로 장 봐왔는데 알겠다. 저녁 챙겨 먹고 일해."

"억지로 하지 마, 뭐든. 일단 드레싱 사서 들어갈게."

이혼에는 정답도 매뉴얼도 없다. 발사믹 드레싱을 사와달라고 하려면 최소 법원 가기 5일 전이어야 한다는 규율도 없다. 하여튼 나는 발사믹 드레싱을 사 갔다. 부엌에서 그가 감자전을 하고 있었다. 평소 집밥을 잘 만들던 그답지 않게 감자전 위에 루꼴라를 얹고 발사믹 드레싱을 뿌리는 모습이 꽤 엉망진창이었다. 억지로 뒤집으려 했는지 감자전은 프라이팬 밖으로 흘러서 타고 있고, 다른 한 장은 접시 위 키친타월에 들러붙어 있고, 발사믹 드레싱은 흔들지도 않고 뿌려서 올리브유만 죽죽 새어 나오고 있었다. 어느 하나 수습이 안 되는 게 참 우리 모습 같았다. 모든 과정이 다 실패인 요리였는데 막상 맛을 보니까 괜찮았다. 예상 외로 정말 맛있다고 했더니 남편이 대답했다.

"나중에 느그 신랑 해줘라."

이게 얼마나 무례하게 느껴졌는지는 들어본 나만이 가장 잘 안다. 느그 신랑? 삼켰던 감자전이 똘똘 뭉쳐 명치 언저리를 꽉 틀어막는다. 밥을 먹으면서도 기분이 더럽네 어쩌네, 너는 화가 많네 어쩌네 그런 말들을 나눴다. 기분이 너무 나빠서 치우지도 않고 소파에 앉았더니 '기분이 더러워도 같이 치우는 척이라도 해달라'는 말소리가 들렸다. 누가 보면 평소에 밥 먹자마자 상 치우는 깔끔한 성격인 줄 알겠네, 어차피 설거지 엉망으로 해서 내가 다시 손보게 만들 사람이. 참으로 공사판 같은 저녁이었다.

화요일이다. 전에 써둔 글들을 다시 읽어 보니 꼭 생리 첫날에 혼자 밥 먹을 때마다 펑펑 울었다. 밥공기만 한 눈물. 그랬다. 또 비슷한 시기는 찾아왔고 내가 또 밥공기만 한 눈물을 뚝뚝 떨구며 라면을 먹고 있었다. 울면서도 생각했다. 이건 호르몬이야. 눈물이 아니야. 슬퍼서 우는 건 아니었다. 그냥 기분이 그랬다. 가끔 생각과는 다르게 감정이 표출될 때가 있는 것처럼.

정말 긴 일주일이었다. 앞으로도 당분간은 일주

일이 토막토막 길게 느껴질 것 같다. 사실 여기까지 이렇게 될 줄 알면서도 달려왔는지 모른다. 그래도 나는 끝까지 최선을 다해서, 마지막까지 완주에 집중하려 한다. 내 주변에는 나를 강하게 견디게끔 만들어주는 사람들이 분명히 존재하고, 그들보다 나 자신을 더 강하게 만드는 내가 있으므로.

이혼할 남편과
외식하기

삼겹살이 먹고 싶다는 남편의 말에 외식을 했다. 사실 고기 같은 건 쳐다보기도 싫었다. 샐러드를 먹고 싶은 저녁이었다. 그러나 우리는 2주 후면 법원에 가기로 약속이 돼 있었다. 고기가 먹고 싶다는 사람에게 굳이 매몰차게 굴고 싶지 않았다. 고기를 같이 먹어주고 싶었다. 비가 왔고 고기가 정말로 맛이 없었다. 내 입맛에 안 맞았던 게 아니라 그냥 형편없는 집이었다.

고깃집에 들어가는 길에 몇 번이나 차도에 차가 달려왔다. 차가 가까이 올까 봐 남편이 내게 주의를 주며 등에 손을 댔다. 아주 살짝 닿은 건데도 그 손길 자체가 엄청나게 느껴졌다. 싫지는 않았다. 그냥 그대로 두었다.

밥까지 다 먹고 나왔는데 느끼하기도 하고 뭔가 기분이 좋지 않은 방식으로 배가 불러서 언짢았다. 사이가 좋았던 때로 돌아간 듯한 느낌도 잠깐 들었다. 둘 다 과일 주스 같은 게 먹고 싶었는데 마침 집에 있던 키위와 바나나가 생각이 났다. 우유와 플레인 요거트가 있으면 맛있게 먹을 수 있을 것 같아서 슈퍼를 들렀다. 익숙한 동선과 익숙한 운전. 익숙한 목소리들이 차를 가득 채웠다.

맛없는 고기를 먹으면서 생각했다. 이렇게 맛이 없고 불편한데 이 감정을 아무 거리낌 없이 드러낼 수 있는 사이는 이 세상에 남편이 유일하다는걸. 그와 있을 때는 밥을 먹으면서도 굳이 잘 보이려고 신경 쓰지 않아도 되고, 내 불만 불평 때문에 분위기가 깨지지는 않을까 눈치 보지 않아도 됐다. 이미 서로를 잘 이해하고 있어서, 있는 그대로 표현해도 오해 없이 통하는 사이. 우리는 그렇게 7년 동안이나 만들어져 왔다. 그러나 그 두 사람은 이제 더 이상 어디에도 없다. 우리는 다 망가져 버린 채로 테이블에 마주 앉아 있다. 나는 우리가 다시는 그런 사이로 돌아갈 수 없다는 게, 그 모든 걸 남편이 다 망쳤다는 게 몹시 분하고 속상했다.

집에 왔는데 남편이 기분이 좋아 보여서 물었더니 와이프와 외식을 해서 기분이 좋다는 대답이 돌아왔다. "근데 너가 다 망쳤잖아." "후회해?" 독한 질문들을 던졌다. 남편은 후회한다고 대답했다. 우리는 어색해서 이상한 농담들을 했다. 더 이상 싸울 필요가 없는 사이였다.

남편이 '남이 된다'는 표현을 자꾸 쓴다. 이혼하면 번호부터 바꾸겠다며 절대로 자신을 찾지 말라는 당부를 덧붙이며. 누가 보면 내가 큰 잘못을 해서 헤어지는 것만 같다.

혼자 안방에서 조금 울었다. 아직은 실감조차 나

지 않는 미래의 나에게 최선을 다해 힘을 내라고 말
해주고 싶다.

가정법원
방문기

● **AD 66일**

　법원에 다녀온 날 많이도 울었다. 쉽지 않을 거라고 예상은 했지만, 법원에 다녀온 후 일주일은 생살이 설컹설컹 떨어져 나가는 기분이었다. 도장 하나 찍는 게 뭐가 어렵냐고 제발 좀 이혼해 달라고 했었는데, 막상 그 도장 하나가 나를 꾹꾹 누르는 듯했다.

　아침에 일어나 함께 주민센터를 들러 필요한 서

류를 떼고 법원으로 향하기 전 커피를 샀다. 우리는 법원에 함께 갔다. 차 안에 커피 향이 퍼졌다. 눈물이 펑펑 나는데 마스크로 숨기며 닦지 않았다. 눈물을 들키면 그가 유턴을 할 것 같아서였다. 차 안의 공기가 유독 차가웠다.

예상과 달리 법원에는 사람이 별로 없었다. 줄이라도 서야 할까 봐 먼저 건물에 들어가서 기다렸는데, 그가 주차하는 데 시간이 너무 오래 걸렸다. "혼자 처리할 수도 있어?" 그가 물어봤다. '혼인신고도 혼자 했는데 이혼도 혼자 하다니'라는 생각에 잠시 기가 찼다. 결국 설명은 두 사람이 동시에 들어야 해서 접수하고 그를 기다렸다.

협의 이혼 신청을 마치고 나면 조정 기일이 적힌 종이를 한 장씩 준다. 날짜만 주면 시간은 조율할 수 있을 줄 알았는데 그게 아니었다. 몇 월 며칠 몇 시, 그리고 몇 월 며칠 몇 시. 딱 두 개의 일정을 안내해 주며 반드시 시간에 맞춰서 와야 한다는 설명을 들었다. 해당 날짜에 둘 중 어느 한 사람이라도 참석하지 못하면 협의 이혼 신청은 무효가 된다. 11

월 22일과 11월 23일. 우리는 두 날 중 하루에 반드시 법원에 출석해야만 했다. 남편은 연차를 써야 하고, 나 역시 팀에 양해를 구해야 한다. 우리는 오후 4시라는 어정쩡한 시간에 출석하기로 돼 있었다. 간략한 안내가 끝났다.

말도 안 되는 속도로 조정 기일을 받고 처리가 끝나버리자 그가 허무한 표정으로 나를 바라봤다. "이게 끝이야?" "응, 그런가 봐." "담배 한 대 피우고 가자." 나는 법원 주변 건물들에 보이는 각종 법무사 사무소 간판들의 글자를 읽으며 그가 담배를 다 피울 때까지 기다렸다.

겨우 집으로 돌아온 후로, 그는 벽 쪽을 바라보고 아무 말 없이 침대에 누워 있었다. 연차를 쓴 그를 혼자 집에 두고 사무실에 가려고 일찍 집을 나섰는데 도무지 눈물이 안 멈춰서 아파트 입구 앞 벤치에 앉아 30분을 울었다. 나중에 안 일이지만 그도 침대에서 울었다고 했다. 출근을 못 한다고 메인 작가 언니에게 전화를 할지 말지를 한참 고민했다. 그래서 그냥 알람을 맞춰두고 울었다. 그런 적은 처음이었다. 적어도 12시 30분에는 울음을 멈춰야 버스를 타고 출근할 수 있었다. 눈이나 얼굴이 붓는 건 상관이 없었는데 회의 때 아무 말 못 하고 울음이 쏟아질까 봐 걱정이 됐다. 축축해진 휴지를 들고 버스를 탔다. 다행히 회사 건물 앞 정류장에 내려 발이 땅에 닿자마자 거짓말처럼 눈물이 멈췄다.(배틀그라운드 게임에서 자기장을 벗어난 것처럼 금세 회복했다.) 나는 아무 일 없는 사람처럼 평범하게 걸었다. 사무실에 도착해서는 평소처럼 회의하고 웃고 떠들었다.

한 일주일은 슬프고 술도 마시고 취하고 화도 나고 그랬는데 다녀온 지 2주가 되니 또 적응이 되어간다. 우리는 많은 말들을 쏘아대고, 그러면서도 가끔은 아픈 서로를 안쓰러워해 가며, 차근차근 조금씩 정리해 나가고 있다. 여러 사건이 있었고 웃긴 말들도 있었다. 나에게만 보여주는 저런 한정판 같은 모습에 7년을 함께했는데 결국 우리는 결혼을 하기에는 너무 모자란 사람들 같다는 결론을 내렸다. 앞으로도 정리할 것들이 많지만, 이겨보기로 한다.

이혼할 남편과
동거하기

"그래서 지금 같이 살아?"

"응…."

"아직 집 정리 안 됐어? 안 나가겠대?"

"응."

이혼할 남편과 같이 살고 있다는 말에 답답해
서 돌아가시겠다는 표정을 하는 건 꼭 상대방 쪽이

다. 나는 8월에 남편에게 이혼하자는 간청을 했고, 그 후로 8개월을 더 같이 살았다. 그동안 우리의 장르는 코믹이었다가, 호러였다가, 의미를 알 수 없는 예술영화였다가, 콩트였다가, 격한 액션이었다. 어쩌다 웃음이 날 때는 매운맛에 중독된 사람처럼 좋았던 시절이 그립고, 도끼눈을 뜨고 악을 버럭버럭 쓸 때는 이혼이 잘한 일 같았다. 물론 이 모든 과정에서 이혼을 하겠다는 의지 자체가 꺾이거나 이혼을 후회한 적은 단 한 번도 없었다.

이혼할 남편과 동거하면서 한 가지 바뀐 게 있다. 음식이 아까워졌다는 거다. 내가 사둔 라면을 그가 끓여 먹으면 그게 그렇게 밉고 아까울 수가 없었다. 내가 먹으려고 재화와 시간을 들여 사온 음식들을 아무렇지 않게, 아무런 허락 없이 먹는다? 이게 그렇게 용서가 안 됐다. 컵라면 한 개에 이렇게 사람이 치사하고 옹졸한 생각이 들 수가 있나 싶어 괴로웠던 적도 있었다. 그러나 그 시기는 남편이 밥 먹으면서 쩝쩝대는 소리가 싫어서 안방 문을 닫아버릴 정도였다. 이건 라면 한 개 가격이 문제가 아니라 미움의 척도가 문제인 거다. 언제나 함께 먹고 싶은 것들을 냉장고에 채우고, 요리를 곧잘 하는 나와 그가 신나게 간을 봤던 추억의 부엌이 언젠가부터 휴전선을 그어놓고 총질을 하는 전쟁터가 됐다. 퇴근해서 먹으려고 놔둔 음식들이 비어 있으면 분노가 하늘로 치솟았다. 게다가 먹고 난 설거지들은 국물조차 제대로 버리지 않고 싱크대에 아무렇게나 널브러져 있었다. 나는 가사도우미인가, 엄마인가. 그런 생각들이 들기 시작하면 싱크대를 뜯어서 쾅쾅 내리치고는 대기권 밖으로 내던지고 싶었다.

작가 후배들과 1박 2일로 여행을 갔을 때였다. N분의 1로 나눠 내는 공동 비용에서 내가 조금 더 내는 대신 남은 종이컵과 컵라면 1개, 와인 따개 같은 것들을 집으로 가져왔다. 사실 컵라면을 집으로 챙겨가기로 한 순간부터 안 좋은 예감이 들었다. 그가 뺏어 먹을 거라는 생각. 나는 더 치사해지기로 결심했다. 컵라면을 찬장이 아닌 안방 이불장 쪽에 슬며시 숨겨두는 거다. 완벽한 카무플라주다. 이 정도면 완벽하지.

그러나 나의 치밀함보다 먹을 것을 향한 그의 탐

험 욕구가 더 컸던 걸까. 퇴근을 하고 현관문을 여는데 개수대에 왕뚜껑 컵라면이 놓여 있다. 먹다 남은 국물을 머금은 채. 나는 절규한다.

"이거 먹었니?!"

남편은 소파에 앉아 세상에서 가장 순진한 표정으로 나를 쳐다봤다. 퇴근하자마자 사라진 컵라면의 행방을 묻는 내가 이상했을 거다. 평소 라면이 한 개씩 없어질 때마다 싱크대를 벅벅 뜯어 쾅쾅 내리치는 상상을 하는 나의 분노를 그가 알 리 없다. 그래서 컵라면 하나에 흥분하는 내 모습이 너무 웃겼을지도 모른다. 그러나 컵라면을 해치운 것도 모자라 대충 개수대에 놔둔 저 한결같은 무던함과 게으름은 나를 폭발하게 만들었다. 그리고 나의 옹졸함을 고백하고 만다.

"이거 네가 먹을까 봐 내가 숨겨둔 건데 찾아서 먹었어?"

남편은 웃는다. 내가 이렇게 발끈하는 것 자체가

웃긴 모양이다. 그리고 다시 그러려니 모드로 돌아간다. 컵라면이 먹고 싶어서가 아니라 나랑 놀고 싶어서 먹은 거다. 그는 또다시 찬장에서 라면을 꺼내 먹을 것이다. 그리고 또다시 라면 스프 껍데기와 봉지를 쓰레기통까지 30센티미터도 떨어져 있지 않은 가스레인지 옆에 그대로 두고, 먹고 남은 라면 국물이 찰랑거리는 냄비를 그대로 개수대에 놔둘 것이다. "내일 치울게"라는 다섯 글자를 가훈처럼 내뱉으며. 나는 아마 내일까지 기다리지 못하고 저 라면 냄비를 박박 닦고 있을 것이다. 마치 연필과 지우개처럼 그가 시나간 자국들을 내가 박박 지우며 내 영혼이 깎이는 경험을 언제까지나 하고 있는 거다. 같은 공간에서 같은 인물들이 같은 경험을 하는데 완전히 다른 차원의 장르로 변해간다. 달라진 건 마음 하나일 뿐인지도 모르겠다.

사실 나와 그의 동거가 계속된 데는 수많은 이유가 있었다.

첫째로 함께 사는 전세 아파트가 절대 나가지 않았다. 갑작스러운 전세가 하락으로 우리가 들어왔던 가격으로는 아무도 들어오려 하지 않았다. 집주인이 아직 만기 전이니 원래 가격으로 새로운 세입자를 구해달라고 하는 바람에 주변과 시세 차이가 크게는 7000만 원까지도 났다. 집주인 마음도 이해는 됐다. 그러나 두 달씩이나 아무도 집을 보러 오는 사람이 없었다.

집이 나가야 보증금을 돌려받을 수가 있고, 우리가 각자 나눠서 이사를 나갈 수 있다. 대출을 제외한 보증금 중 2000만 원을 제외한 나머지 모든 돈은 내 돈이었는데, 대출은 그의 명의였으므로 말 그대로 복잡한 사정이었다. 둘 중 하나가 만기까지 이 집에 남으려고 해도 남을 수가 없었다. 허리 디스크가 올 정도로 악착같이 벌어 모든 돈을 싹싹 긁어모아서 집과 가구, 살림과 가전에 쏟아부은 나였으므로 수중에 여유 자금이란 풀 옵션 원룸 오피스텔을 얻을 정도밖에는 없었다. 하지만 집 만기까지 단기임대 오피스텔에서 살기가 싫었다. 주변의 만류도 있었다. "걔가 나가야지 네가 왜 나가냐." 맞는 말이다. 도대체 누구 때문에 이혼하는 건데 정작 내가나가서 빌빌거릴 생각을 하는 걸까.

둘째로 그가 집을 나갈 생각이 전혀 없었다. 애초에 남편보다는 나의 직장과 가까운 곳으로 집을 구하는 바람에 강남으로 출퇴근을 하는 그는 아침저녁으로 짜증과 불만이 심했다. 그래서 나만큼 반갑게 이 집에서의 탈출을 꿈꿀 줄 알았다. 하지만 정작 그도 서두를 수 있는 환경이 아니었다. 대출이 남편의 이름으로 묶여 있어 이 집이 나가야 새로운 집과 전세 대출 계약을 할 수가 있는 상황이었다. 어차피 이혼하면 원룸 오피스텔에 살 거라는 그의 말에 그럼 보증금을 내 돈으로 먼저 줄 테니 어디 월세라도 얻으라고 설득해 봤지만 통하지 않았다. 그도 그만의 사정과 계획이 있을 거라는 생각을 하니 더 이상 얘기를 꺼내고 싶지도 않았다.

그래서 결국 우리는 계속 같이 살았다. 나는 돈에, 그는 대출 명의에 묶여 있었다. 8월에 이혼을 얘기하고 10월에 처음 법원을 가고 11월에 이혼 신고를 마친 우리는 3월까지 동거를 계속했다. 내가 12월까지 너무 바쁜 프로젝트가 있어서였다. 결국 내가 무리를 해서라도 먼저 이사를 나가기로 했다. 결국 절박하고 간절한 사람이 더 바쁘게 되는 법이다.

호칭
정리

　이혼하는 부부들의 상당수가 네이버의 한 카페에서 수많은 정보들을 교류한다. 그곳에서는 과실이 있는 배우자를 '유책이'라고 부른다. 주로 유책이들은 바람을 피우거나, 도박을 하거나, 빚을 지거나, 가정에 무책임한 이유로 유책이라 불린다. '유책이 때문에 못 살겠다'거나 '유책이가 전화를 안 받는다'는 식으로 활용된다. 회원 수가 13만 명이므로 유책이들이 최대 6만 5천 명은 존재한다는 얘기다.

우리처럼 하늘이 두 쪽으로 갈라질 정도의 거대한 사건이 없는 상태에서 이혼한 경우에는 배우자를 뭐라고 불러야 하는지 아무도 가르쳐주는 사람이 없었다. 모든 걸 내 탓으로 삼는 게 습관인 나에게는 그를 유책이라고 부를 마음이 전혀 없었다. 그러던 어느 날 그가 내 휴대폰에 본인이 '이름'으로만 저장돼 있는 걸 발견하고 적잖이 서운해했다. 그는 마치 반격하듯 나를 '그 사람'이라고 저장해야겠다며 폰을 만지작거렸다. 그 사람. 그래서 나는 이 사람도 저 사람도 아닌 '그 사람'이 됐다. 어떤 날은 술에 잔뜩 취해서 뜬금없이 나를 향해 "넌 내 엑스니까!" 하고 소리치고는 벌러덩 누워 자기도 했다. 돌고 돌아 우리는 결국 최종적으로 두 개의 호칭에 도달했다.

　룸메. 친구.

　우리는 7년의 세월을 견고하게 쌓아온 연인과 부부 사이에서 결국 룸메이트 이성친구로 전락했다. 이혼을 해도 당분간 같이 지낼 수밖에 없는 사정을 아는 지인들 앞에서는 그를 3인칭으로 '룸메'

라고 부를 수밖에 없었다. 가끔 밤에 늦게 퇴근하게 되는 날에는 서로의 수면을 방해할까 봐 염려하는 마음으로 미리 카톡을 주고받았다. 그럴 때는 여지없이 '친구야'라고 부를 수밖에 없었다.

"친구야 나 오늘 회식."
"친구야 혹시 내 거 택배 잘 도착했는지 봐줄래."

말하자면 이런 식이다. 친구야, 친구야. 익숙하면서도 뭔가 이상하다. 텍스트로 입력할 때는 에러가 나지 않지만 급하게 부를 때는 몇 번씩 '자기'라는 말이 목구멍까지 튀어나오기도 한다. 그럴 때는 급브레이크를 밟는다.

"자, 친구야."
"그걸 자ㄱ… 친구야 안 했어?"

그렇게 몇 번을 덜컹거리다 보면 뇌도 적응을 하는지 부드럽게 '친구야'라는 단어가 나온다. 그렇다고 우리가 친구인가? 그렇지도 않다. 하지만 이보다 더 친한 친구가 있는가? 그것도 그렇지도 않다.

한 가지 분명한 사실은 이런 호칭 고민도 결국은 사라지게 될 거라는 점이다. 더 이상 서로를 부를 일이 없어질 것이기 때문에.

우리는 이혼을 농담처럼 겪어냈다. 이혼을 앞두고 서로를 친구라고 부르고 챙기는 모습들이 누가 보면 이상하다고 할 수도 있고, 결혼도 이혼도 장난이냐고 물어올 수도 있지만 그렇게 거짓으로라도 즐거이 겪어내지 않으면 당장이라도 모든 게 무너질 것만 같았다. 일주일 내내 눈 한 번 안 마주치는 냉전의 시기를 지나 결국 우리는 함께 밥을 먹고, 저녁도 해 먹고, 인사도 하는 사이가 됐다. '사이 좋게 지내자.' 그 한 문장만을 가슴에 담아놓고 룸메 생활을 이어가는 거다. 오늘도 룸메의 연락이 올 거다. 회식을 하느라 늦게 들어온다는 연락을 하든지, 아니면 내가 저녁을 밖에서 먹고 들어올 건지를 묻기 위해.

내 편이
사라진다는 착각

　친구인지 남편인지 남인지 가족인지 타인인지 지인인지, 제대로 구분할 수 없는 관계인 채로 우리는 조정 기간을 겪고 있다. 남들과 다른 점은 함께 저녁을 먹고, 같은 이불을 덮고 잔다는 거다. (분단 국가의 사람들처럼 멀찍이 침대의 끝과 끝에서 자보면 이스턴 킹 사이즈의 가로 넓이가 얼마나 큰지 비로소 체감하게 된다.) 서로 기 싸움을 하고 눈을 못된 모양으로 뜨던 시기도 이제는 지났다. 어떤 하루는 서로가 먹기 좋아하는 반찬을 만들고, 외식을 하고 들어가게 되면 보고를 하고, 밤에 자기 전에 마실 물이 필요하면 떠다 주기도 한다. 장어 덮밥이 먹고 싶으면 배달을 시키고, 라면을 먹다가 쳐다보면 "한 입 줄까"라고 말하기도 한다.

하지만 절대 하지 않는 행동들도 있다. 안아준다거나, 손을 잡는다거나, 자다가 다리를 겹쳐 올린다거나, 주말에 어디론가 바람을 쐬러 놀러 간다거나, 외식을 함께하지는 않는다. 누가 그렇게 정하자고 한 적도 없다. 서로의 암묵적인 동의만이 존재한다. 절대 적응할 수 없을 것 같은 시기를 각자의 리듬대로 맞춰나간다. 슬퍼지거나 고통스럽지 않기 위해 마음을 효율적으로 쓴다. 마치 '이혼의 달인'들 같다.

그런 나에게 평소보다 긴 밤이 찾아온다. 잠이 오지 않는 참 외롭고 괴로운 밤이.

이런 날엔 슬픈 생각이 무작정 나를 덮친다. 이 세상에서 내 가족이 사라지는 게 분명하고, 나의 오랜 친구가 없어지고, 나는 외로워질 거라는 생각.

절대적인 내 편이 사라져 버린다는 생각.

7년 동안 나는 그에게서 엄청난 위로를 받아왔다. 말도 안 되는 수준의 직장 스트레스에 시달리고 흉악한 직장 동료들로부터 상처 입은 나에게 그의 위로는 중독성이 강했다. 그 긴 시간 동안 나를 언제나 웃게 하고 단단하게 만들었던 그의 날카로운 위로가 무척 좋았다. 그런 시원한 위로는 이제 살면서 다시는 받아볼 수 없을 거다. 제 편이신 분은 손을 들어주세요! 온 우주에서 나 빼고 아무도 손을 들지 않는다. 그렇게 혼자가 된다. 나는 그렇게 물러터진 두부가 되어 깜깜한 방을 한없이 부유한다. 잠들 새가 없이 수많은 생각들이 번호표를 뽑고 나타나 착석한다.

사실은 그와 내가 행복의 단계에 거의 다 왔던 건 아닐까. 정말 조금만 더 참으면, 조금만 더 갔으면 멋진 도착지가 있지 않았을까. 결국은 내가 버티지 못해서 도중에 하차하는 걸까. 7년을 '더 가보자'고, '조금만 더 가보자'고 하며 달려왔는데 정말 딱 한 발 직전에 내려버리는 건 아닐까. 그러나 이런 마음들은, 가만히 두면 그가 알아서 조금씩 없애준다. 어느 아침, 어느 낮에, 정이 뚝뚝 떨어지는 어떤 말들과 행동들로. 그래서 나는 다시 한줌 한줌 이성을 찾는다. 그래, 과거의 무수한 작별과 마찬가지로 이번 작별도 무사히 지나갈 거다. 다만 이 모든 과정에서 서로가 더 이상 상처받지 않았으면 하는 지극한 마음과, 별 잡음 없이 무탈하고 신속하게 마무리됐으면 하는 냉정한 마음이 동시에 존재한다.

잠이 오지 않는 이런 날은 하필 아무 때나 찾아와서는 누구에게도 연락하기가 망설여지고, 나를 빼고 모두가 행복한 것 같고, 모두가 내가 어떻게 되든 말든 별 관심 없는 것같이 느껴진다. 어차피 본인들은 행복할 거면서, 본인들이 내 인생을 대신 정하고 살아주는 건 아니기에, 그냥 그저 각자의 위치에서 할 수 있는 달콤한 말들을 건넬 뿐이라는 못난 생각이 들곤 하는 거다. 언제나 내 편이라고 믿게 해주는 사람들이지만, 이런 날에는 문득 그들의 삶이 나와는 다르게 따뜻하고 풍요로워 보인다. 그렇게 성냥팔이 소녀가 된 기분으로 추운 곳에서 창문 너머의 친구들을 바라보고 시샘한다. 나의 맨발이 더 차게 느껴진다. 그들이 행복해서 다행이라는 생각보다는 '거 봐, 너네는 행복하잖아'라고 질투하며 자존심이 구겨져 버리는 것이다.

그러다 문득 깨닫는다. 이것 또한 내가 속는 감정일 거라는 사실을. 지금의 내 '기분'이 그럴 뿐이라는걸. 내 사람들이 분명히 내 등 뒤에 줄지어 서서, 한 치의 거짓됨 없이 나의 행복만을 바라고 걱정해 주고 있다는걸. 그렇다. 내 편은 언제나 존재해 왔고, 그 한가운데에 반드시 내가 있다.

어떤 날은 새로운 미래에 가슴이 부풀기도 하고, 어떤 날은 실패라는 쓴맛을 혼자 느끼고 참담한 표정으로 울기도 한다. 주변 사람들이 걱정하지 않도록 애써 웃기도 하고, 표정 관리가 안 돼서 모두에게 말도 안 되는 어색한 표정을 짓기도 한다. 가끔씩 벌어지고 갈라지는 그 불안한 틈 안에서 나는 잊지 않아야겠다. 나를 믿고 사랑해 주는 사람들이 주변에 있다는걸. 미련한 걱정들에 비해 나의 미래는 훨씬 더 잘 알차고 행복할 수 있다는걸. 그리고 그 반듯한 미래에 내가 얼마든지 적응할 준비가 되어 있다는걸. 오늘도 마음이 무너지지 않게 자꾸만 이성의 기둥을 찾아 세운다.

판사님
가라사대

살면서 가정법원에 가게 될 거라는 예상을 해본 사람이 있을까. '나는 두오모 성당에서 꼭 사진을 찍을 거야! 체코에서 맥주를 마실 거야! 노르웨이에서 오로라를 볼 거야!'라는 생각은 해봤어도 '서른넷에 가정법원에 갈 거야!'라는 포부를 가진 적은 없었다.

두 번째 방문은 첫 번째보다는 익숙했다. 주차장

이 붐벼 주차가 무척 오래 걸린다는 사전 정보를 알
았으므로 같이 버스를 타고 갔다. 가방 엑스레이를
통과시킨 후, 2층으로 들어간다. 법원은 뭔가 큰 잘
못을 해야만 올 수 있는 곳이라고 생각했는데 이곳
의 공기를 두 번이나 마시니 처음 온 사람들 앞에서
텃세 정도는 부릴 수 있을 것 같은 기분이 든다. 우
리는 별도의 분쟁 없이 협의 이혼을 하는 부부였으
므로 〈사랑과 전쟁〉이나 〈신성한, 이혼〉에 나오는
장면들처럼 변호사들을 다닥다닥 옆에 낀 채 판사
님과 가까이 대면하는 일은 없었다. 오히려 협의 이
혼 조정실은 엄청 붐비는 이비인후과 같은 풍경이
었다.

　　복도 벽에 붙어 있는 수많은 이름 중에 내 이름
을 찾았다. 프라이버시 때문인지 가운데 글자가 공
란으로 비어 있었다. 오후 4시 5분. 4시 시간대에 들
어가는 부부들이 스무 쌍 이상이었던 것 같다. 대기
석에 앉아 있는 대부분이 50~60대 분들이었다. 객
관적으로 봐도 얼굴들이 많이 상해 보였다. 나는 우
리가 저런 얼굴과 주름 들을 갖기 전에 지옥에서 비
교적 빨리 탈출하는 기분이 들었다. 비교적 생기 있

어 보이는 우리 둘을 다들 유심히 쳐다보는 눈치였다. 어디에도 우리 같은 바이브로 앉아 있는 사람들은 없었다. "커피 여기다 둘까?" "여기에 앉자." 그런 말들을 하고 대기했다.

우리보다 먼저 들어가는 부부들은 정말 5분도 안 돼서 다시 밖으로 나왔다. '줄 서서 이혼을 하고 대답만 잘하면 이혼시켜 준다'는 소문이 진짜였구나 체감했다. 언제쯤 차례가 올까 하고 기다리는데 배우자가 일본인이고 타국에 있어서 함께 오지 못했다는 한 남자분이 직원들과 실랑이를 하고 있었다. 이곳에 온 모두가 각자 저마다의 사정이 있다.

이름이 불리면 신분증을 들고 조정실에 들어간다. 코로나 때문에 판사님과는 조금 멀리 떨어져 마주 앉았다. 마스크를 내려 본인임을 확인한 후, 몇 가지를 더 물어본다. 아버님의 성함, 주소지와 같은 기본적인 정보 질문에 답할 수 있어야 한다. 판사님은 아무 감정이 없는 사람의 말투를 쓴다. 그리고 본인 확인이 끝나면 세상에서 가장 무거운, 그러나 심플한 질문이 우리에게 던져진다.

"두 분 협의 이혼 신청하신 게 맞나요?"

"네."

"지금도 협의 이혼 의사 변함없으시고요?"

"네."

두 번째 질문에 그가 너무나 기어들어 가는 목소리로 소심하게 대답했다. 나는 확신의 목소리로 대답했는데. 잠깐 속상했다. 자꾸 생각날 것 같은 순간이 됐다. 아마 이 기억도 점점 옅어질 거다.

판사님 앞에서 그렇게 '네'를 두 번 정도 하면 과정은 끝이 난다. 그리고 설명을 듣게 된다. 이혼신고서를 구청에 90일 안에 제출해야 이혼은 완료가 되고, 그사이에 상대가 이혼철회서를 내면 또다시 이혼은 무효가 된다는 점. 구청에 이혼 신고를 마치면 일주일 안에 처리가 완료되고 그 일주일간은 가족관계증명서를 뗄 수 없다고 했다. 조정을 마치고 나오니 5시가 조금 넘어 있었다. 구청은 6시 안에 도착해야 한다. 서둘러서 구청을 가자고 하는데 그가 꼭 오늘 안 해도 90일 안에만 하면 되는 거 아니냐며 또 게으른 소리를 한다. "오늘 연차 쓴 거 안

아까워? 그냥 오늘 다 처리하자. 그래야 나도 대출을 알아보든 집을 알아보든 하지." 그렇게 어르고 달래서 구청에 데려갔다.

혼인신고서 작성도 혼자 가서 했는데 이혼신고서 작성도 혼자 척척 적어낸다. 그는 옆에서 "글씨 잘 쓰네. 한자 잘 쓴다" 같은 말만 건넬 뿐이다. 마음이 많이 속상했으나 우리는 괜찮은 척을 했다. 한참을 바쁘게 구청에서 이것저것 적어내는데 팀 카톡방이 마구 울린다. 오늘도 우리 팀은 치열하게 회의하고 있고, 내가 없는 동안 또 수많은 것들이 뒤집어졌다가 다시 돌아왔다가 했나 보다. 또 괜찮은 척 답장을 해준다.

아주 오랜만에 또 외식을 했다. 사이가 좋았을 때 몇 번 먹으러 가려다가 실패한 편백 샤브샤브 집이다. "무슨 일 있거나 하면 종종 연락해." 그가 처음으로 연락하라는 말을 한다. 다시는 안 볼 것처럼 굴었으면서. "잘 살아." 그런 말들을 하고 집으로 돌아왔다. 헤어질 것 같은 모든 제스처가 끝나고 아직도 같은 집으로 돌아간다는 게 아이러니했다.

이제 집만 알아보면 된다. 당장은 12월에 9박 10일 동안 중요한 촬영이 있어서 그전에 집을 알아보는 건 물리적으로 도무지 시간이 안 났다. 일찍 이혼을 마쳤다면 만 34세 이전에 간신히 청년 대출을 받을 수도 있었는데 시기를 두고 실랑이를 벌이다가 저금리 기회도 허무하게 날아갔다. 이별에도 마음의 준비가 필요한 걸 알기에 그를 기다려줄 수밖에 없었고, 또 이런저런 문제로 갑론을박하다 보니 시간은 속절없이 흘러버렸다. 사실 지나고 보면 어쩔 수 없는 것들 투성이다. 어쩔 수 있는 시기는 지금부터다.

2부

현실적 이별

이혼 커밍아웃,
청첩장을 전하는 마음으로

● **AD 106일**

    결혼을 앞두고 청첩장을 전할 때의 기분이 떠오른다. 즐겁게 말하고 기쁘게 들어주는 좋은 소식. 결혼식에 누구는 초대하고, 누구는 초대하지 않는 것처럼 이혼 소식도 알릴 사람과 알리지 않아도 될 사람이 있는 걸까. 이혼은 나쁜 소식일까, 좋은 소식일까. 나는 축하와 위로 중 어떤 걸 먼저 받게 될까. 이혼 커밍아웃. 청첩장을 뿌리는 마음으로 차근차근 내 소식을 전해야만 한다.

Happy Divorce

전 남편 ○ ○ ○

전 아내 ○ ○ ○

황금빛 가을

한 갈래의 길을 걷던 두 사람이

각자의 꽃길을 응원해 주기로 했습니다.

너그러운 시선과 무른 잣대로

두 사람의 새로운 행복을 지켜봐 주세요.

2022년 11월 22일 오후 6시

이혼 신고 완료

차라리 이런 깔끔한 카드 한 장으로 소식을 전할 수 있다면 얼마나 편할까. 말하는 사람이나 듣는 사람 쪽에서 어색함에 괴로워 죽겠다는 얼굴을 하지 않아도 되고, 괜찮은 척하느라 경련을 보이지 않아도 되며, "〈나는 SOLO〉 나가면 인기 많을 것 같아요"라는 기분 나쁜 위로를 듣지 않아도 된다. (화자들은 절대 나를 기분 나쁘게 할 의도가 없었다는 건 나도 안다.) 인스타 게시물에 '#나의두번째독립'이라는 태그를 달아 광고라도 해보면 어떨까. 그럼 남들이 선뜻 '좋아요'를 누를 수 있을까. 반대로 나라면 그런 게시물에 어떤 댓글을 달 수 있을까. 파이팅? 힘내세요? 모르겠다.

인간관계는 마치 과녁 같아서, 나라는 '점'을 둘러싼 동그라미들이 각자의 거리를 두고 넓게 퍼져 있다. 그래서 가장 작고 가까운 원 안에 있는 사람들에게는 그 어떤 고민도 없이 마음 놓고 얘기할 수 있지만, 바깥으로 갈수록 소식의 질과 양은 현저히 달라진다. 1시간 코스, 30분 코스, 5분 코스가 있는 거다. 물론 한두 문장 정도로 끝내는 경우도 있다. "아, 저 얼마 전에 다녀왔습니다. 지금은 잘 지내고 있어요." 혹은 "혼자 삽니다. 미혼." 이런 짧은 말들로.

다행히 내 친구들은 자연스럽게 받아들여 줬다. 사실 연애할 때부터 이어져 온 질긴 고민들이 끊이지가 않았었고, 결혼을 하고 나서도 나의 투덜거림이 잦았기 때문일지도 모르겠다. 이 거대한 서사의 결과가 이렇게 될 거란 걸 예상이라도 하듯 그들은 묵묵히 잘했다고 답해주었다. 다른 그 어떤 것보다 나의 행복이 가장 중요한 거라고 하면서. 그런 건조하고 덤덤한 반응들이 참 좋았다.

위로를 하는 건 오히려 친구들보다는 친한 직장 동료들 쪽이었다. "언니는 젊고 성격도 좋으니까" "작가님은 매력적이시니까"라는 말로 자꾸만 그 공기를 채우려고 하는 모습이 한편으로는 고마웠다. 그럼 나도 "봄이 오면 연하남이랑 연애할 거야"라는 시시껄렁한 말로 답해준다. 참 좋은 동료들을 뒀다는 생각이 든 건, 생각보다 본인들끼리 비밀 유지가 철저했다는 점이다. 그들은 조심스럽게 이혼한 이유를 물어온다. 나는 그게 가십거리를 소비하기 위해서라는 생각은 하지 않았지만, 적당히 요약할 길이 없어 답을 많이 생략했다. 지금 생각하면 전혀 들을 준비가 돼 있지 않은 이들에게 내가 일방적으로 고백한 부분이 상당히 미안하기도 하다. 어떤 이들은 타인의 힘들고 사적인 소식들을 들어줄 준비가 안 되어 있다. 사실 나 역시 마찬가지다.

원 안의 구성원들이 언제나 같은 기준으로 결정되지는 않을 테지만 이번 일을 통해서 적당히 분류 기호를 나눌 수는 있었던 것 같다. 그래서 가끔 술을 먹으면 동그라미 속 친구들에게 마음을 전하곤 했다. "너는 나의 가장 작은 원 안에 있어." 그게 참 고맙다. 그들은 본인들이 그 자리에 있는 게 당연하다는 얼굴을 하고 있다. 그 표정이 참 좋다. 세월이 흐르고 시간을 거치면 동그라미는 점선이 되고 수많은 이들이 들락날락할 거고 나 또한 그 과정 속에서 아마 염병 첨병을 떨 것이다. 최선을 다해 지지고 볶을 거다. 다만 또다시 이런 힘든 사연을 전하느라 서로 짠해하는 일은 없었으면 좋겠다.

이혼 후
2개월 만에 받은 전화

● **AD 171일**

지난했던 시간이 지나고 서류 정리도 이혼 신고도 모두 끝났다. 이혼한 남편과 룸메이트처럼 사는 이상한 동거를 한 지 2개월. 나는 한 통의 전화를 받는다. 070으로 시작되는 번호에는 자동으로 'OO 스튜디오'라는 발신인 이름이 적혀 있다. 올 것이 왔구나.

"안녕하세요, 신부님! 여기 OO 스튜디오입니다!"

명랑하기가 그지없는 목소리에 나도 힘을 쥐어짜내 가식적으로 대답한다.

"아, 네! 안녕하세요!"

웨딩 앨범을 오랫동안 찾아가지 않아 전화를 드린다며, 방문이 어려우시면 무료로 택배를 보내드린다는 친절한 안내에 어쩔 수 없이 주소를 불러줬다.

애초에 수요가 없는 앨범이긴 했다. 결혼하고 나서도 주말에 찾으러 가자고 하면, 그는 갑자기 피곤한 직상인의 가면을 쓰고 드러누웠다. 한 주, 두 주가 지나고 그렇게 1년 6개월이 지났는데 우리는 이혼을 하게 됐다. 차라리 쓰레기로 버리게 될 바엔 오히려 안 찾아둔 게 잘된 일 같았다. 그런데 문득, 우여곡절을 지나 결국 끝에 다다른 나와 그의 한때가 아무 연고도 없는 창고에 유령처럼 남아 있다는 사실이 찝찝해지기 시작했다. 그렇게 또 찾아갈까 말까를 고민하다 몇 개월이 지났고 어차피 버리게 될 앨범 그냥 잊어버리자고 놔두다 이 지경이 됐다.

친절하고 상냥하게도 웨딩 앨범이 집까지 제 발로
찾아온다.

굳이 얘기하자면 나는 모든 일에 1안과 2안 이상
을 생각하는 계획적인 편이고, 그는 발등에 불이 붙
어서 타는 냄새가 날 때까지 아무것도 안 하는 스타
일이었다. 결혼도 그렇게 준비했다. 결정할 것들이
한두 가지가 아니었지만 그렇게 겨우 한 고개를 넘
으면 나만 사람을 들들 볶는 조급한 사람이라는 모
양새가 됐다. 치열한 싸움이었다. 지금도 그렇다.
"명절에 본가에 내려가면 언제 돌아와?" 룸메이트
의 자격으로 건넨 물음에 "가봐야 알지"라는 대답
이 돌아오는 사람. 그 간극은 절대로 좁혀지지 않았
고, 앞으로는 굳이 좁힐 일이 없는 남남이 됐다.

원래 남의 얘기에는 감도 놓고 배도 놓고 사과
도 깎아주는 나지만, 이상하게 나의 연애와 결혼에
는 어딘가 모자란 사람처럼 덜덜거렸다. 뒤늦게 하
는 얘기가 아니라 나는 그를 무척 좋아했지만 우리
사이 관계에 대한 확신은 없었다. 연애하는 동안 몇
번이나 헤어지고 다시 만나면서 스스로를 합리화했

던 적도 참 많다. 행복만 한 것처럼. 그리고 무엇보다 나에게는 노력할 자신이 있었다. 최선을 다할 자신이.

가정의 행복과 평화를 위해 나는 본업 외에 열 군데도 넘는 투잡, 쓰리잡을 해가며 프리랜서로서 소득을 올리고, 자기관리를 위해 운동을 하고, 집을 최대한 열심히 정돈했다. 태생이 다정한 사람이었고, 언제나 재미있는 사람처럼 굴었다. 그러다 나만 스스로를 구기고 애를 쓴다고, 내가 내 마음들을 제대로 들여다보지 못했다며 피해자처럼 굴기도 했다.

나는 행복한 가정을 만들기 위해 어느 정도의 희생은 필수라고 생각하는 사람이었지만, 어쩌면 행복한 가정을 만들기 위함이라는 목표 자체가 나 자신만을 위한 것이었는지도 모른다. 그 기준이나 목표가 그와 달랐을 수 있다. 그도 좋은 사람이었다. 용서와 실수가 반복되는 사고들이 생기고, 좀처럼 개선되지 않는 습관들과 도무지 맞지 않는 관념들에 서로가 지쳤을 뿐이다. 그걸 겨우 살아보고 나서, 결혼을 해보고 나서야 안 것뿐이었다.

이혼하면서도 의문은 늘 있었다. 순간의 판단과 감정을 참지 못한 나의 잘못인지, 내가 더 너그럽지 못한 탓인지, 더 좋은 방법은 없었을지에 대해서 강렬하게 고민했다. 애초에 틀린 답을 두고 혹시나 맞는 답이 아닐까 싶어서, 부분 점수라도 받을 수 있지 않을까 싶어서 이렇게도 다시 풀고 저렇게도 다시 풀어봤지만 끝내 오답 처리가 된 기분이었다. 지금 다시 복기해 보면 우리 관계에서 어디가 틀렸는지가 정확히 보인다. '여기서부터 잘못 풀었구나' 하고 틀린 수식을 읽게 된다. 그때는 보이지 않았던 풀이 과정이 이제는 보인다. 그래서 나에게 맞는 답은 이혼이었다.

두 달이 지난 지금은 그 어느 때보다 선명한 확신이 든다. 좋은 선택이라는 확신. 다시 돌아가도 나는 같은 선택들을 해서 연애를 하고 결혼을 하고 이혼을 했을 테지만 그래도 지금의 결과에 아무런 후회는 없다. 완벽한 실행이었다.

나에게는 내가 내린 선택을 지지하고 응원하고 울어준 수많은 주변 사람들이 있다. 어느 아침에 뜬금없이 도착한 메시지 속 '곧 봄은 올 거야'라는 서 툰 문장부터, '우리 집에서 자고 가'라는 애 엄마들 의 다소 저돌적인 제안, 법적인 자문을 해주는 실질 적인 도움의 손길까지, 각자의 성의와 규모대로 건 네는 제각각의 위로들이 참 감사하고 귀엽다. 걱 정 안 하는 척하면서 누구보다 걱정하고 아파하고 아껴주는 부모님과 가족들. 아무것도 묻지 않고 술 을 사주는 친구들. 일적으로도 인간적으로도 자존 감을 키워주는 직장 동료들. 옛날에는 내가 그들을 많이 보살피고 살았던 것 같은데 이제는 그 친구들 의 품이 너무 따뜻하다. 나의 가장 사랑스러운 버 팀목이다.

이제 이번 주는 집을 알아보러 다녀야 한다. 새 술은 새 잔에 담는다고 했다. 나의 마음을 행복하게 누일 좋은 집을 찾았으면 좋겠다.

믿습니까?
믿습니다!

● AD 172일

세상에는 수많은 미신들이 있다. 어떤 것들은 가볍게 넘길 만하지만, 어떤 것들은 꼭 마음에 남아 자리를 차지한다. 일종의 징크스처럼. 지키지 않으면 괜히 거슬리고 신경 쓰이는, 그래서 맹목적으로 믿고 싶은 미신들. 소금을 뿌리고 고사를 지내고 팥 주머니를 숨겨두는 것도 다 그런 이유에서다.

'침대 바깥쪽에 남편을 재우면 남편이 겉돈다?'

우연히 이혼 얘기가 오간 후에 뒤늦게 이런 글을 봤다. 몰랐던 얘기는 아니었으나 다시금 보게 되니 그럴 듯했다. 그런데 다시 생각해 보면 어딘가 안 맞다. 내가 바깥쪽에서 잤을 때는 내가 곁돌았나? 바람난 사람들은 애초에 침대 바깥쪽도 아닌 집 바깥에서 자고 들어올 텐데? 이런저런 생각을 하다 보면 관상도 사주도 미신도 통계학이고 다 결과론적인 말인 것만 같다.

금리 때문에 모두가 아비규환이고 전세가는 점점 내려가는 판국에 우리는 이혼을 했다. 서류 신고까지 마쳤는데 집 문제가 발목을 잡았다. 만기까지 7개월. 앞이 캄캄했다. 시세보다 많게는 7000만 원 정도 비싼 집을 용감하게 보러 오는 사람은 아무도 없었다. 그러던 중 엄마의 한마디가 나의 관심을 샀다.

"현관에 가위 거꾸로 걸어놓으면 집이 빨리 나간다던데."

도대체 왜 귀가 쫑긋했는지 모르겠다. 나는 엄마에게 저돌적으로 질문 세례를 퍼붓기 시작했다. "거

꾸로 거는 게 손잡이가 위로 거는 거지?" "꼭 현관
에 걸으래? 진짜 신기하다." "쓰던 가위 말고 새 가
위를 걸어야 할까?" 그때 내 마음에 쐐기를 박은 엄
마의 한마디.

"우리 왜, 옛날에 주택 살았을 때 그 집이 하도
안 나갔었단 말이야. 몇 달을 내놔도 계약이 안 됐
었는데 가위 걸어놓자마자 나갔잖아. 갑자기 우리
처럼 급하게 이사와야 하는 가족이 있어서 그 집이
들어오고 우리가 아파트로 나간 거야."

사람마다 믿고 싶은 미신이 있다. 나는 그길로
집에 오자마자 가위를 현관 앞 벽 고리에 걸었다.
찾아보니 잘되는 장삿집이나 고깃집 가위를 얻어서
걸어놓으면 집이 더 잘 나간다는 썰도 있었다. 남이
썰던 가위보다는 그냥 내 집 가위가 편해서 부엌에
있던 가위를 걸어놓고 물끄러미 바라봤다.

오지 않는 부동산 손님들을 기다리며 가위를 걸
어둔 지 며칠째, 홍대에서 집으로 돌아가던 길에 나
도 모르게 구제숍에 들렀다. 소위 명품 옷들을 잘

관리해서 파는 가게였다. '여기에 내 옷은 없어'라는 생각이었지만 이상하게 그날따라 홀린 듯이 두 벌을 샀다. 영수증도 받지 않고 계산하고 나와서는 버스에 타자마자 후회를 했다.

'중고 옷을 왜 샀지.'

평소 중고거래에 대한 큰 거부감은 없다. 다만 성격상 중고로 물건을 팔아본 적은 많지만 구매는 하지 않는 편이다. 새 제품을 사서 쓰는 기쁨과 만족이 분명 있기 때문이다. 환경 문제 때문에라도 중고 물품을 사고파는 건 정말 중요한 화두지만 남이 입던 옷, 쓰던 물건을 직거래도 아니고 구제숍에서는 절대 안 사는 내가 그날은 이상하게 두 벌이나 사고 만 거다. 그리고 수많은 미신들이 떠오른다. 주워온 인형을 어디다 뒀는데 그 인형이 밤에 걸어 다니고 어쩌고저쩌고. 남이 입던 옷을 주워다 입혔는데 애가 아프고 어쩌고저쩌고. 애초에 나는 그 옷이랑 안 맞았던 걸지도 모른다. 그래서 사자마자 그냥 헌옷수거함에 넣어야겠다는 생각을 하고 현관 근처에 방치해 뒀다.

그리고 어제, 새로 이사 갈 집을 알아보러 갔다가 이상한 집을 가계약할 뻔했다. 부동산 중개사 두 분이 나를 쉴 새 없이 들들 볶아서 애초에 판단 자체를 침착하게 할 수가 없었다. 하루 종일 마음이 너무 갑갑했다. 집에 돌아와 마음을 다잡았다. 휘둘리지 말고 차분하게 판단하자고 스스로를 다독였다. 일이 있어 밤에 작은 방에서 작업을 하는데 저 놈의 옷이 거슬리기 시작한다.

'저거 내일 버리고 내일은 진짜 내 집 찾는다.'

오늘 눈 뜨자마자 버릴 옷을 챙겨서 헌옷수거함에 말없이 구겨 넣었다. 사실 그 옷들은 아무 잘못이 없다. 너무 급하게 서둘러 계약하려고 했던 내 마음가짐의 문제였을 뿐. 다른 날보다 더 씩씩한 발걸음으로 부동산으로 향했다. 아니나 다를까 도착해서 만난 중개사님은 더없이 친절한 분이셨고 다섯 집 중에 그냥 '여기가 내 집이구나' 하는 집을 만나 가계약을 완료했다.

"집이라는 게, 직접 보면 정말 딱 느낌이라는 게

있어. 들어갔을 때 아 여기가 내 집이구나, 하는 편안한 마음이 들면 그게 네 집인 거야."

독립하고 집을 알아볼 때마다 되새기는 엄마의 문장이다. 다행히 오늘 그런 집을 만났고, 다음 주에 계약을 하기로 했다. 집에 돌아와 기분 좋게 웃었다. 현관 옆에 걸린 가위를 보고 꾸벅 인사했다. 감사합니다. 잘 준비해서 나가겠습니다.

뭐든 지나치면 마음과 머리를 갉아먹겠지만 가끔은 바보처럼 이런 미신들을 믿고 지키고 싶을 때가 있다. 미신이라는 게 별게 있을까. 안 믿으면 그만이고, 신경 쓰이면 없애고, 믿고 싶으면 지키면 그만이다. 다 각자의 기호와 가치관이라는 게 있는 거니까. 기우제를 해서 비가 오는 게 아니라 비가 올 때까지 기우제를 지내니까 결국 통하고 마는 거다.

이부
망천

"이건 내가 산 거니까 내가 가져갈게."

"프로폴리스 반띵할까?"

"가전은 뭐 뭐 가져갈 거야?"

"나 스타일러는 필요 없어."

이혼을 하고 살림을 찢는 일은 가랑이 찢는 것
만큼이나 괴롭고 어설프다. 숟가락 하나, 충전기 하
나까지도 어떻게 나눌지를 고민해야 한다. 다 버리

고 몸만 떠나기, 모든 걸 다 챙겨 나오기 같은 옵션
은 없다. 우리는 식탁에 앉아 집 안에 남아도는 온
갖 영양제들을 늘어놓고 네거 내거를 나누기 시작
했다. 누가 보면 사이 좋은 신혼부부 같다. "비타민
은 너가 먹을래?" "아르기닌은 반땡해 주라. 킥킥."
이러고 있는 우리 모습이 어이가 없어서 웃음이 났
다. 지금 생각하면 이렇게 꿍냥거리는 모습 자체가
조금 슬펐던 것도 같다.

애초에 이사를 아파트로 갈 생각이어서 가전은
필요했다. 그는 풀 옵션 오피스텔로 갈 계획이라고
했다. 가전은 대부분 내가 가져가기로 했으나 이 과
정도 말이 참 많았다. 그는 주요 가전을 내가 가져
가는 대신 돈을 달라고 했다. 위자료 청구를 안 한
것도 억울한데 돈까지 쥐어주고 집을 나와야 한다
는 게 억울한 마음이 들었다. 하지만 합의란 쉽지가
않았다. 결국 나 혼자 가전을 다 구매한 셈 치자 생
각했다. 어차피 신혼 가전은 그의 명의로 된 카드로
긁고 다달이 내가 몇백씩 갚고 있었다. 침대와 소
파, 시스템 행거, 스타일러, 토스트기를 제외한 모
든 가전 가구를 다 갖고 나오기로 하고, 나중에 그

가 이사를 나가게 될 때 처분한 가전 값은 절반씩 나눠 갖기로 했다.

네이버 부동산 앱으로 집을 찾아본 사람들은 안다. 원하는 옵션과 보증금에 따라 계약이 가능한 매물을 의미하는 파란 풍선이 늘었다가 줄었다가 한다는걸. 처음은 호기롭게 가격을 설정하고 멀쩡한 집을 구경한다. 그러다 치솟는 금리가 내 발목을 잡는다. '너 한 달에 전세 이자 얼마씩 낼 수 있어?' 금리가 나를 보고 비웃는다. 소름 끼치는 금리의 미소에 쫄아서 보증금을 낮춘다. 그리고 좌절한다. 집이 이렇게 없다고? 이게 집이야? 그렇게 나도 모르게 점점 서울 외곽으로 지도를 움직이기 시작한다. 아니, 여기는 너무 멀잖아. 너 지금 상암까지 걸어서 출퇴근하는데 대중교통에서 보내는 왕복 두 시간, 견딜 수 있어? 다시 가격을 올린다. 멀쩡한 집이네? 그런데 금리가…? 이렇게 무한 반복을 하다 보면 서울에서 '적당한 가격'에 '제대로 된 집'을 찾기란 쉽지가 않다. 이혼하면 부천 망하면 인천이라는 말도 옛말 같다. 부천도 휘황찬란하고 인천도 가격이 호락호락하지 않다.

이사 갈 집을 알아보는 시기가 하필 겨울이라 마음도 춥고 몸도 추웠다. 어디를 가나 아파트 단지에는 앙상한 나뭇가지들이 즐비했고 건물 밖에서 혼자 중개인을 기다리다가 바람이라도 쌩하게 불면 그렇게 서러울 수가 없었다. 친구에게 메시지를 보냈다. '이게 겨울에 집을 보러 다녀서 그런 건가 내 마음이 그런 건가.' 친구가 답했다. '둘 다.' 결국 돌고 돌아 마음에 드는 집을 찾아 가계약을 하고 집에 들어온 날은 그렇게 가슴이 뛸 수가 없었다. 뭔가 새로운 전환점이 막 시작되는 것만 같았다. 소파 위에 걸어두었던 웨딩 사진 액자를 조심스럽게 내려 침실 한편에 뒤집어 두었다.

　　잔금일까지 한 달도 넘게 시간이 남았는데 내가 가장 먼저 시작한 건 살림을 구분하는 일이었다. 내가 가져갈 짐과 가져가지 않을 짐을 구획별로 나누는 것. 왜인지는 모르겠지만 신발장부터 시작했다. 여름 신발부터 케이스에 담아 이삿짐 박스에 담기 시작했다. 다이어리에 차근차근 적었다. 내일은 베란다, 다음 주는 안방, 거실, 욕실 순서로 짐 구분. 부엌은 밥해 먹어야 하니까 맨 나중에. 수건은 한

장도 가져가지 말아야지. 그렇게 조금씩 정리하다 보면 그와 나의 구역과 관계도 어느 정도 정돈이 될 것 같다.

　나는 세상에서 가장 슬프고도 찬란한 짐 정리를 하고 있다.

친척들이
묻는 안부에 대하여

● AD 205일

먼 친척의 장례식장에 가게 됐다. 큰이모의 사돈 분이라 사실상 남처럼 먼 사이지만 외가 식구들이 다 같이 조문을 간다고 해서 오랜만에 가족들 얼굴도 볼 겸 운동을 마치고 부랴부랴 옷을 챙겨 입었다. 왠지 컨디션이 좋지 않았는데 아니나 다를까 홍대입구역에서부터 머리가 너무 아팠다. 가는 길에 '지금이라도 집에 가서 쉬어야 하나'를 여러 번 고민했지만 정작 다시 돌아갈 기운도 없어 꾸역꾸역

장례식장에 도착했다. 저 멀리 병원 응급실 앞에 너무나 작은 나의 엄마가 나를 마중 나오기 위해 걸어 나왔다. 엄마가 저렇게 쪼끄만 사람이었나. 그런 생각을 하며 어깨를 감싸 안고 조문을 하러 들어갔다.

큰이모의 말로는 자다가 돌아가셨다며 호상이라고 했다. "우리 모두가 원하는 거지, 뭐"라며 엄마와 이모들은 입을 모았다. "장례식장에서는 건배하는 게 아니래"라는 말을 마치기가 무섭게 "짠"을 외치는 막내이모의 모습에 다 같이 웃기도 했다. 조문을 마치고 밤늦게 테이블에 둘러앉으니 열 명이 조금 넘는 식구들이 모였다.

엄마가 친척들에게 나의 이혼 소식을 언제 전할까에 대해 깊이 궁금해한 적은 없었다. 어차피 언젠가 다 알게 될 일들이기 때문이었다. 그런데 나는 그날 제대로 알게 됐다. 그 긴 시간 동안 아무도 나의 '남편'의 안부나 부재에 대해 묻지 않았던 거다. 예상이 확신이 되어가는 순간, 나도 모르게 나의 안면 근육은 부자연스러워지고 시선도 많이 낮아져 있었다. 국 접시에 코를 박고 육개장을 몇 입 먹었다. 입맛이 없었다. 어쩐지 식구들 눈을 마주치기가 어려웠다. 마음속에 '덜컥' 하고 걸리는 게 생긴 기분이었다.

그래도 남편이 가족 모임에 자주 얼굴을 비추지 않아 궁금해하는 친척들에게 '그가 바쁘다'고 둘러 댈 때보다 마음은 편했다. 지금은 어느 누구도 부담을 주지 않고 그저 제자리에서 내가 밥을 잘 먹는지, 반찬이 더 필요하지는 않은지 물어봐 주실 뿐이었다. 다만 컨디션이 안 좋아서 유독 평소보다 낯빛이 어두운 내가 가뜩이나 시커먼 옷을 입고 밥을 깨작거리고 있으니 엄마의 속은 말이 아니었을 거다. 돌아오는 차 안에서 엄마가 걱정스럽게 말했다. "은미는 얼굴이 하얗고 훨씬 좋은데 너는 시커멓더라. 마음고생해서 그래. 관리 좀 해." 그 순간 졸음이 한꺼번에 밀려와서 굳이 대답하지 않고 고개를 꾸벅거리며 잤다.

이혼이 올바른 선택이라는 굳건한 믿음이 있어서였는지 친구들이나 지인들에게 얘기할 때는 아무렇지도 않았다. 그런데 친척이라는 관문은 예상보다 어려웠다. 어색한 공기. 하지만 다짐한다. 다시 눈을 들어 올려다보고, 턱을 치켜들어야 한다. 그 누구도 이혼했다는 사실 때문에 땅을 보고 주눅들 이유는, 없다.

결혼반지 팔기
대작전

● **AD 218일**

문서, 집, 가전, 웨딩 앨범까지 조금씩 정리가 되어가고 이제 결혼반지가 남았다.

'결혼반지를 팔아서 술을 사 먹고 낚싯대를 하나 사야겠다.'

이 생각이 드니 나도 왠지 중년 같고 어쩐지 한국 근대문학 감성이 충만하다는 생각이 든다. 결혼반지와 맞바꾼 낚싯대를 들고 바다에 나가면 얼마나 많은 물고기들이 나에게 낚여줄까. 파닥파닥. 내가 낚시 유튜브를 시작한다면 가장 첫 화는 결혼반지를 팔아서 낚싯대를 사는 과정일 거다.

결혼을 준비하던 시절, 남들 다 반지 맞추러 간다는 종로에 갔다가 둘 다 멀미만 나고 빈손으로 돌아왔다. 이후 그냥 백화점 구찌 매장에서 어찌저찌 고른 반지가 결혼반지가 됐다. 가장 작은 반지 사이즈가 6호라서 구매할 때부터 5호로 한 번 더 줄이는 가공을 해야 했다. 오랜만에 반짝이는 걸 끼니 손도 더 예뻐 보이는 것 같아 참 좋았었다. 이래서 나이가 들수록 알이 굵고 번쩍이는 것들을 손에 주렁주렁 걸치려고 하는구나 싶었다.

이혼을 고하고 나서부터는 반지를 화장대에 보란 듯이 두고 다녔었는데 그는 정말 법원에 가는 마지막 날까지 바득바득 끼고 다녔다. 말하자면 그 이후에도 며칠은 더 끼고 다녔던 것 같다. 그는 반지를 어디다 파네 마네 하는 와중에도 "그냥 예쁜데 끼고 다녀"라는 말을 서슴없이 하는 사람이었다.

서류 정리까지 모두 마치고 난 후에는 그도 반지를 더 이상 끼고 다니지 않았다. "내 거도 팔아주라." "알아서 해." 화장대 한편에 포개어 놓인 반지 두 개가 의미하는 바가 참 컸다.

결혼반지를 파는 데 대작전씩이나 필요한 건 내 손가락 사이즈가 너무 작기 때문이었다. 애초에 금은방에 팔면 금값밖에 못 받는다는 말에 제대로 된 명품 중고 매입점을 찾아갔다. 무려 신사동 가로수길에 있는 곳이었다. 미리 예약을 한 손님이어도 유리문 밖에서 벨을 누른 후 세상에서 가장 순수한 표정으로 들여보내 달라는 의사표시를 해야만 비밀번호를 풀어 입장하게 해주는 시스템이었다. 아마 값비싼 제품들이 많기 때문에 보안 차원에서 택한 방법이었을 거다. 그러나 평소 명품에는 관심이 없는 나는 쇼윈도의 가방들을 봐도 큰 감흥이 없었다. 광택이 나는 빛깔 좋은 명품백들에게 마트의 과일만큼도 관심을 주지 않은 채 앞만 보고 직진해서 상담실 의자에 앉았다.

떨리는 마음으로 제품 보증서와 반지 케이스, 파

우치까지 완벽하게 내놨지만 "큼… 큼큼…" 하고 고심하던 사장님에게서 돌아온 대답은 '매입해 줄 수 없다'였다. 사이즈가 너무 작아서 안 팔린다는 거였다. 명품 반지는 평균적으로 여자는 11~13호, 남자들은 17~18호가 가장 잘 팔리는 호수라며, 차라리 압구정이나 강남 일대에서 '당근'으로 거래하면 의외로 중학생들이 액세서리 용도로 많이 사갈 거라고 했다. 팁까지 전수받고 나니 웃음이 났다. "아, 중학생한테요? 네, 안녕히 계세요."

결국 반지는 아직도 팔지 못했다. 정말로 팔아볼까 싶어 중고마켓 앱에서 신사동과 압구정 일대를 '나의 동네'로 설정해 뒀지만 막상 업로드를 하려니 오지랖이 발동했다. 어느 집 선량하신 자제분이 남의 결혼반지를 구매하게 될까 걱정이 앞서서 아직도 집 어딘가에 보관만 하고 있다. 아무도 모르게 뻔뻔하게 돈으로 바꿀 수도 있었겠지만 왠지 이 모든 얘기를 다 들킬 것만 같다. 다른 건 몰라도 반지를 팔아야 낚싯대를 살 수 있고, 그래야 낚시 유튜버로 떼돈을 벌 수 있을 텐데 아쉬운 일이다.

결혼도 팀플인데
어쩐지 망했어요

● AD 270일

결혼이 일종의 '팀플'이라고 생각했다. 나에게는 없는 또 다른 장점을 가진 사람과 서로 보완해 가면서 같은 목표를 향해 달려가는 조별 과제. 그런데 그 조별 과제가 하필 인생을 걸어야 하는 대단한 과목이었다. 그와 나는 많은 것들이 반대적 성향이었다. 서로 다른 '凸'과 '凹'가 만나면 단단한 네모가 될 것만 같았는데 그냥 내 마음에 '凸' 같은 기분만 남았다.

팀플에는 왜 하필 기여도라는 게 있는 걸까. 내가 아이디어를 냈으니 이 친구가 자료 정도는 찾아주겠지, 내가 PPT를 만드니까 발표 정도는 해주지 않을까, 그런 기대들을 한 적도 있었다. 그러나 '내가 잘하니까' '답답해서' '도저히 여기까지는 기다릴 수 없어서' '조원이 바쁘니까', 그런 갖가지 이유로 혼자 애를 쓰다 보니 어느덧 이건 개인 과제가 돼 있었다. 그냥 내가 다 하고 있네? 그동안 그는 조원 평가 때 최하점을 받지 않을 정도로만 간간이 생색을 냈을 뿐이었다. 무임승차를 간신히 면한 수준으로. 나는 내 청춘을 그렇게 보냈다.

콕 집어 말하기는 어렵지만 우리가 서로 생각하는 가정의 테마에는 확실히 차이가 있었다. 가능한 것과 가능하지 않은 것, 당연한 것과 당연하지 않은 것, 희생해야 할 것과 존중받아야 할 것들의 가치가 서로 달랐다. 그래서 나는 '런'을 택했다. 그리고 그 결과는 안타깝지만 성적표에 길이길이 남게 됐다. 하지만 이게 낫다. 그 어떤 것도 가운데로 모일 수 없었던 우리 의견 중에 가장 극적인 타결은 이혼이었다.

"너는 나의 30대야. 내 30대는 다 너한테 있어! 내 청춘이 너라고!"

드라마를 보다가 이런 절규를 듣고 웃었다. 나는 내 청춘이 다 그에게 저당 잡혀 있는 것 같지는 않다. 오히려 그가 나에게 자신의 청춘을 투영하는 것 같다. 그러나 안 됐지만 나도 내 청춘도 오롯이 내 거다. 그리고 그와 함께했던 나는 지금의 나와는 완벽히 다른 타인이다. 생각도 감정도 온전히 과거의 나와 같을 수가 없다. 그를 누구보다 아끼고 사랑하고 그래서 가정의 평화에 몰두했던 나는 이미 이 세상에 없다. 나는 그렇게 한 꺼풀을 벗었다.

아직도 결혼이 팀플인지는 잘 모르겠다. 자신은 있었지만 확신은 부족했던 결혼생활에 채찍질을 가하는 일종의 주문이었을 수도 있다. 사랑도 아니고 믿음도 아니고 그냥 숙제라고 하면 누구보다 잘 해낼 수 있었으니까. 언젠가 또 팀플 타령을 하게 될수도 있다. 그러나 그때는 서로 기여도를 운운하게 되는 그 어떤 상황도 없었으면 좋겠다. 물러터져서 조원 평가 같은 건 성격상 안 맞다.

3부

정서적 이별

다정한 사람이
이혼하는 법

어디서부터 잘못됐는지를 검산할 때는 언제나 시작을 돌이켜 보곤 한다. 문제를 잘못 읽은 건지, 풀이 과정에 오류가 있었는지, 숫자를 잘못 본 건 아닌지. 그러다 보면 처음으로 가만히 돌아가 보게 된다.

"저랑 가족요금제 쓰실래요?"
추운 겨울, 뜨끈하게 취한 채로 나에게 가족요금제를 쓰겠냐고 물었던 당돌함.

"저 SK예요."

그리고 그 당돌함에 맞섰던 나의 다정한 대답. 그게 우리의 시작이었다.

우리가 서로를 보고 느낀 첫인상은 꼭 같았다. '실제 나이처럼은 안 보인다'는 것. 그는 생각보다는 노안이었고, 나는 생각보다는 동안이었다. 나는 정말로 그가 자식이 있는 누군가의 아버지일 거라고 생각했다. 머릿결이 곱고, 안경을 썼고, 웃을 때와 담배 피울 때가 예뻐 보였다. 그리고 이상하게 어딘가 '짠해 보이는' 매력이 있었다. 뭔가 돌봐줘야 할 것 같은 표정과 온기. 그게 나를 이 거대한 서사로 이끌었다. 업무를 핑계로 연락을 하고, 몇 번의 술자리를 함께하다가 정이 들어 대뜸 가족요금제를 쓰자는 말에 '그럽시다' 오케이를 해버렸다.

그때는 몰랐다. 내가 그와 정말 법적으로 가족요금제를 쓸 수 있는 사이가 될 거라는 것도, 그러다 결국 가족요금제를 쓰지 못한 채 끝이 날 거라는 것도. 우리는 많은 것들을 지키지 못했다. 약속의 땅에서 외친 맹세도, 수줍게 나눈 사랑의 기약도.

살아오면서 잘 고쳐지지 않는 나의 약점이자 단점이 있었다. 누군가 짠해 보이면 어딘가 마음이 쓰이고 관심이 가고 보살펴 주고 싶은 것. 그걸 사랑이라고 생각하고 다가가 있는 힘껏 돌보고 신경 써 주는 것. 사력을 다해 챙겨주는 것. 그러다 정작 나 자신은 맨 나중이 되고, 결국 힘에 부쳐 상해가는 것. 일을 할 때도 막무가내인 무식한 사람을 만나면 처음에는 괴롭다가도, 그 사람을 불쌍하고 긍휼히 여기면 결국 내가 나서서 불필요한 짐들을 떠안는다. 어떻게 보면 내가 누군가를 가엾게 여기는 마음은 합리화일 수도 있다. 미워할 자신이 없거나, 감당하고 싶지 않은 스트레스를 소화할 때 편법처럼 쓰는 지름길처럼.

인간관계에 있어서 다정한 성격이 약점이 될까 봐 늘 불안했다. 인생에서 '다정함'이 내 발목을 잡은 적이 몇 번이나 있었을까. 일일이 헤아릴 수 없지만 끝끝내 내린 결론이 하나 있다. 다정한 사람은 이혼을 할 때도 다정하다.

"나는 지금 이혼을 얘기하는 이 순간에도 당신

이 가장 편안한 마음을 가졌으면 해서 당신 기분을
신경 써."

이혼을 하자고 처음 얘기했을 때에도 그가 받아
들이기 가장 좋은 주말의 오후를 고르고, 그가 나의
말을 진심이라고 이해할 수 있을 때까지 기다려줬
고, 그가 나를 설득하고 싶어 할 때는 함께 대게를
사다가 집에서 술잔을 기울이며 마음을 들어주기도
했다. 그동안 내가 받은 상처를 알기 쉽게 설명하
고, 지금의 내 기분과 단호함을 가르쳐주고, 절박함
을 호소하기 위해 절규도 하고, 그게 마음 쓰였을까
미안해서 오늘 하루는 어땠는지 안부를 물어가며
나름의 거친 파도를 헤쳐왔다. 전혀 유쾌하지 않은
과정이지만 적어도 괴롭지 않게 해주고 싶었던 것
같다. 마치 길 한복판에서 싸우는 와중에도 차가 다
가오면 손을 내밀어 끌어당기는 연인들처럼. 이 상
황을 그가 잘 겪어낼 수 있게 여유를 주고 길잡이가
되어주고 싶었던 것 같다.

결말은 냉혹하지만 과정이라도 따뜻하게 해주고
싶어서였을까. 그렇게 웃었다가 울었다가 진지했다

가 자지러졌다가 하다 보니 나란히 법원도 가고 이혼 신고도 끝났다. 지나고 보니 누가 이혼을 이딴 식으로 하나 싶다. 나는 정말 내가 봐도 진실로, 진실로, 다정한 사람이다.

돌이켜 보면 '시작'의 날에는 그 누구의 잘못도 없다. 나의 다정함이 잘못이었을까. 그건 모르겠다. 그저 우리는 이렇게 되리라는 걸 모른 채 열심히 서로를 향했다. 크고 작은 전쟁을 거쳤음에도 우리가 통일하지 못한 수많은 것들 가운데에는 통신사도 있다. 그 추운 겨울 가족요금제를 쓰자고 대뜸 들이댔던 그는 LG 유플러스를 쓰고, 나는 여전히 SK 텔레콤 VIP 고객이다. 우리는 단 한 번도 같은 통신사를 써본 적이 없다.

검은 머리가
파뿌리가 되면

● **BC 1052일~AD 124일**

'이런 사람도 있구나' 하는 생각이 들 때가 있었
다. 예를 들면 애인이 아파 죽겠는데 덜덜거리며 뚝
딱거리는 사람. 연애 때부터 나는 그가 아플 때마다
응급실에 데려가 링거를 맞히고, 한밤중에 포카리
스웨트를 사오고, 수건에 물을 짜 이마에 얹어줬었
다. 그런데 그는 내가 아플 때마다 모든 생각의 회
로가 차단된 사람처럼 굴었다. 아픈 걸 이해할 수
없다는 사람처럼 반응하고, 응급실에 데려다 달라

고 했을 때는 소파에서 웃고 있기도 했다. "진짜? 진짜 구급차 불러?" 공감 능력이 없는 건지, 누군 가가 아플 때 뭘 어떻게 해야 하는지를 모르는 건지 정말 알 길이 없었다.

결혼 1주년 기념 여행 때, 이상하게 몸이 많이 아 팠다. 어떻게 아픈 건지 스스로도 설명할 수 없을 정도로 몸이 불편했다. 걷기도 힘들고 온몸이 그냥 지치도록 아팠다. 그런데 문제는 내가 어디가 어떻 게 아픈지를 설명할 길이 없다는 거였다. "나 몸이 이상해." "나 몸이 이상해." 몇 번을 얘기해도 큰 반 응이 없었다. 그는 '그래서 밤 산책을 하자는 건지 말자는 건지'에만 관심이 있는 것 같았다. 결국 못 걷겠다는 말을 하고 차로 함께 돌아갔다. 그가 또 말이 없어졌고 분위기가 좋지 않았다. 몸이 아픈 건 나인데, 그를 눈치 보고 신경 쓰여 하는 것도 나였 다. 아플 때마다 내가 원하는 건 정말 '적당한 걱정' 이었다. 그런데 다음 날 그가 똑같이 아프기 시작했 다. 뭐라 설명할 수 없지만 몸이 급격히 안 좋아지 는 그 느낌. 그는 그제야 내가 얼마나 아팠었는지를 알게 된 것 같았다. 우리는 둘 다 식은땀을 잔뜩 흘릴 정도로 크게 탈이 났다. 전날 먹었던 한우 육회 때문이었다. "그래, 내가 아프다고 했잖아. 진짜 아팠다니까." "와, 진짜 아프구나."

한번은 이혼을 하고 같이 살던 시기에, 친한 동생과 술을 먹다가 너무 갑자기 컨디션이 안 좋아져서 남편을 부른 적이 있다. 아직은 그런 상황에서 부를 사람이 동거 중인 전남편밖에 없었다. 안주를 거의 안 먹고 술만 먹어서였는지, 이혼한 얘기를 풀어놓느라 정신을 쏟아서 그런지 평소보다 많이 먹지도 않았는데 몸을 가누기 어려울 정도가 됐다. 문제는 집에 도착했는데도 정신을 놔버릴 것처럼 힘이 들었다는 점이었다. 물을 마셔도, 토를 해도 진정이 안 되고 그냥 한순간에 기절해 버릴 것 같았다.

"나 구급차 좀 불러줘."

어리둥절했던 남편의 표정이 아직도 기억에 남는다. 남편은 119를 부르다가 전화를 끊었고 재차 물었다. "진짜 불러?" 화장실 앞에 옆으로 드러누워 괴로워하는 내 앞에서 그는 어이없다는 듯 소파에 앉아 웃고 있었다. 그게 그렇게 서운할 수가 없었다. 나는 새벽에 도착한 구급대원분들에게 "선생님 배가 너무 아파요"만 반복할 수밖에 없었고, 응급실에서 링거를 주렁주렁 세 통이나 맞고 나서야 정신이 어느 정도 돌아올 수 있었다. 혈관을 찾을 때였는지 링거를 뺄 때였는지 피가 퐉퐉 많이 나서 옷에 피가 많이 묻었다.

아무리 아파도 몸을 못 가눌 정도로 아프면 안 되겠다고 느낀 건 남편 상사들과의 술자리에 갔을 때였다. 한 시간 만에 소주를 몇 병씩이나 셀 수 없이 비워내던 술고래 상사는 내가 테이블 밑으로 버리는 소주까지 잡아내며 술을 먹이기 시작했다. 나는 결국 두 시간 만에 KO가 되어 택시 안에서 내내 토해야 했다. 다행히 기사님께서 봉지를 주셔서 큰 민폐는 피할 수 있었다. 집 앞에 내리는데 도저히 혼자 걸을 수가 없었다. 남편이 나를 부축하다가 포기했는지 힘을 놓는 바람에 차가운 겨울 아스팔트에 온몸이 꽈당 하고 넘어졌다. 다음 날 팔이 까맣게 멍이 들었다. 남편은 나를 들쳐 업고 갈 힘도 의

113

지도 없는 사람이었다. 그는 현관에 널부러져 누워 있는 내 모습을 사진 찍어 몇 날 며칠을 놀렸다. 그게 그때는 재미있는 건 줄 알았다. 아침에 눈을 떴을 때 혼자 거실에서 이불을 덮고 있다는 걸 감사하게 여겼었다. 나중에 그 사진을 보니 현관 바닥에 누워 있는 내 모습이 참 처량했다. 거기까지가 딱 내가 대접받을 위치구나 싶어서.

정말 소름 끼치게 무서웠던 적도 있었다. 남들 다 걸리고 넘어갔다는 코로나에 3년간 안 걸리다가 뒤늦게 걸려 막차를 탔을 때였다. 집 구조상 격리를 위해 내가 안방에서, 그가 거실에서 자기로 했다. 여기까지는 원만했는데 가습기는 좀처럼 합의가 안 됐다. 온갖 증상을 한꺼번에 겪고 있는 코로나 환자에게 가습기는 필수였고, 그는 집 안의 모든 가전 중에 가습기를 제일 좋아하는 사람이었다. 우리는 결국 안방과 거실 사이에 가습기를 뒀고 안방 문을 조금 열어두는 것으로 조속한 합의를 마쳤다. 코로나 자가 격리는 나라에서 허락한 합법적 별거였다.

아파 죽을 것 같은 코로나 환자에게 집안일이란

사치였다. 그런데 그가 주말 동안 어질러놓은 테이블은 정말 가관이었다. 먹다 남은 라면 국물이 흥건한 컵라면 용기, 배달 음식을 먹고 남은 음식 쓰레기들, 쓰레기통까지 한 뼘도 떨어져 있지 않은 곳에 흩뿌려 둔 휴지 조각들과 비닐들, 다 쓴 일회용 숟가락과 젓가락, 마시다 만 물컵, 식탁 위에 놓인 양말까지. (나는 왜 굳이 벗은 양말을 테이블에 두는지 끝내 이해하지 못했다.) 그것들을 보는데 '난 또 이만큼이구나'라는 생각이 들었다. 청소아줌마는 코로나에 걸려도 청소를 해야 하는구나. 인격적으로 존중받지 못한다는 기분도 들었다. 반대로 그가 코로나에 걸렸으면 나는 또 극진히 모셨을 것이다. 그게 그와 나의 차이며, 내가 "다음번에 좋은 사람을 만난다면 그냥 내가 하는 대로만 따라 해. 나한테 받은 사랑, 정성만큼만 누군가에게 베풀면 너 사랑받을 수 있어"라고 당당하게 말할 수 있는 이유다.

코로나는 예상했던 것만큼 정말 아팠다. 칼을 삼키는 듯한 통증, 오한, 두통, 몸살 같은 모든 증상이 한꺼번에 왔고 특히 가래 때문에 숨쉬기가 괴로웠다. 물을 많이 먹고 잠을 많이 잤는데, 40분마다 한 번씩 잠에서 깨 기침을 해대느라 제대로 잘 수가 없었다. 한번 시작하면 기침이 멈춰지지가 않아서 힘들었다. 문제는 안방 문이 열려 있어 거실에 있는 남편이 내 기침 소리를 신나게 듣는다는 점이었다. 혹시 내 기침 소리에 잠을 설쳤을까 싶어 미안했다. 아침에 출근을 준비하는 그에게 제대로 나오지도 않는 쇳소리로 물었다.

"미안. 기침 소리 때문에 잠 못 잤지?"
"어, 존나 시끄럽던데?"

그 말이 참 무섭고 서러웠다. 그는 며칠을 더 '될 대로 돼라' 하는 식의 태도로 일관했다. 온열 매트를 뜨끈하게 틀고 이불을 돌돌 말아 덮어도 오한 때문에 덜덜 떠는 나에게, 그는 '추우니까 겨울 이불을 내가 덮고 싶다'고 했다. 조금 두껍게 입고 자주면 안 되겠냐는 말에 '잘 때는 답답해서 벗고 자야 한다'는 그를 이길 수가 없었다. 나는 따뜻한 안방에서 온열 매트를 틀어놓고 있기 때문에 두꺼운 이불은 본인이 덮어야 한다는 논리였다. 그래 맞다. 결국 내가 봄 이불 한 개와 담요 두 개를 겹쳐 덮고, 그가 극세사 이불을 덮고 잤다. 그는 반소매에 팬티 차림이었고, 나는 내복에 두꺼운 옷을 겹쳐 입고 잤다.

'남보다 못한 사이가 된 걸까'라는 생각은 코로나에 걸렸을 때 처음 한 것 같다. 그럴 때면 마치 남편이 전세 보증금 중 내 몫을 안 돌려줄 것 같고, 갑자기 이혼을 취하하겠다며 소송을 할 것만 같고, 나를 더욱더 못살게 굴 것만 같았다. 그런 상상들이 점점 커져 괴로워져 갈 때쯤, 다행히 코로나 증상은 멎고 몸도 정상으로 돌아왔다.

고마운 기억보다 서러운 기억이 더 오래가는 것 같지만 이 정도면 두고두고 곱씹을 만한 것 같다. 그와 나의 관계는 그래프로 따지면 코로나에 걸렸을 때가 최저점이었다. 남보다 못한 사이. 그럴 때마다 이혼하기를 잘했다는 생각을 했다. 검은 머리 파뿌리가 될 때까지 서로 사랑하고 보살피기로 약속한 사람들은 더 이상 세상에 없었다. 잘한 결정이라고 혼자 합리화하지 않아도 상대방이 알아서 이유를 만들어줬다.

그 이후로 우리의 그래프는 더 이상 하락하지는 않았다. 어떤 과정으로 다시 사이가 회복됐는지는 기억나지 않는다. 다만 이 이상의 최악을 만들기에는 서로가 많이 지쳤던 걸까. 내가 아플 때마다 그가 어딘가 불편한 사람처럼 행동했던 모습들은 아직도 이해가 가지 않는다. 하지만 더 이상 이런 일을 겪지 않아도 되는 사이가 된 마당에 그냥 '이런 사람도 있구나' 하고 넘어가기로 한다.

뚜껑 열리게 하는
사람

● BC 384일

"아, 내가 하려고 했는데. 내가 할게."

제발 내가 설거지를 시작할 때 이 말은 좀 안 했으면 좋겠다. '그럴 거면 진작 하지 그랬어?'라는 말이 목구멍까지 차오른다. 매번 같은 패턴으로 진행되는 이 설거지의 굴레가 언제쯤 끝이 나는 걸까. 툭, 툭탁! 툭탁탁탁! 거친 손길로 그릇을 헹군다. 사실 접시는 죄가 없다.

속궁합이나 사주궁합보다 중요한 게 '청소궁합'이라는 확신은 같이 산 지 4개월쯤 지나면서부터 분명해졌다. 살아봐야 안다는 말은 누가 뭐래도 이 청소궁합 때문이다. 욕실의 머리카락을 언제 치우는지, 세면대를 얼마나 자주 닦는지, 양치나 샤워를 하면서 거울에 튄 물기를 외면하지는 않는지 따위가 외모, 성격, 경제력보다 더 중요할 수 있는 거다. 잡동사니는 무조건 안 보이는 곳에 감춰 수납하는 나와, 살림은 무조건 쓰기 좋은 동선에 맞게 놔둬야 하는 그가 끊임없이 싸운다. 하다못해 세탁 세제 하나도 내가 두고 싶은 위치와 그가 두고 싶은 위치가 달라서 그걸 조율하기까지 수많은 결투의 과정을 거친다. 조금 불편하더라도 수납장에 넣어두고 꺼내 쓰는 나와, 세제는 세탁기 앞에 놔둬야 사람 사는 집 같다고 생각하는 그, 둘의 치킨게임은 매일같이 반복된다. "이걸 왜 여기다 둬? 보기에 지저분하잖아?" "아니 사람 사는 집이 다 똑같지 잘 보이고 쓰기 편한 곳에 둬야지." 애꿎은 세제 통만 정처 없이 떠돈다.

자취를 해본 사람 중에 집 안의 청결이 누군가의

수고와 노동에 근거한다는 걸 모르는 이는 없을 것이다. 동거인이 있다면 경제적 기여도만큼이나 극명하게 드러나는 게 바로 청소 기여도다. 장거리 연애를 할 때 폭격 맞은 것처럼 온갖 머리카락과 과자 가루를 흩뿌려 놓고 도망간 건 언제나 내 쪽이었는데, 결혼하니 청소의 재분배가 이뤄졌다. 출퇴근에 세 시간을 써야 하는 그에 비해, 나는 회의실까지 '도어 투 도어'가 15분에 해결 가능했기 때문이다. 합리적인 이유고, 그래야 마땅하다. 더 오래 집에 머무는 사람이 더 많이 치우면 된다. 그렇게 생각했다. 그럴 수 있다.

그가 출근을 하고 나면 어수선해진 집을 정돈하는 게 내 신혼 아침 일과의 시작이었다. 사채업자가 들이닥쳐서 도망간 사람처럼 그는 언제나 황급히 출근했다. 오전 6시에 출근하는 대부분의 직장인들이 다 그럴 거다. 워터밤 페스티벌처럼 욕실에 물난리를 치며 샤워를 하고, 수건장을 3센티미터 정도 덜 닫고, 밥을 먹어도 바로바로 치울 기운이 없고, 일주일 내내 빨래를 할 시간이 없으며, 발수건을 아무 문고리에 걸어두고, 양말 한 짝을 세탁 바구니

바로 앞 어딘가에 흘려둔 채 출근을 하면 저녁에 마법처럼 모든 게 치워져 있는 삶. 그에게 그런 아름다운 삶을 선사해 줄 수 있다는 게 오히려 기뻤다.

그러나 단 한 가지, 내가 절대 용납할 수 없는 그의 고질적인 나쁜 버릇이 있었다. 그건 바로 '뚜껑을 제대로 닫지 않는 것'.

정말이지 그는 뚜껑을 제대로 닫을 줄 모르는 사람이었다. 그는 살면서 열고 닫을 수 있는 모든 종류의 뚜껑을 제대로 닫지 않았다. 생수, 음료수, 먹다 남은 소주, 스킨, 로션, 헤어 오일, 세제, 양념, 치약까지. 그는 뚜껑이라는 게 내용물이 넘치거나 흐르지 않도록 막기 위한 용도라는 것도, 끝까지 힘을 주어 돌려 닫아야 한다는 것도 전혀 배워본 적 없는 사람처럼 굴었다. 하루에도 몇 번씩 "뚜껑 좀 제대로 닫아"라고 말하는 내가 있고, 어딘가 고장난 인류처럼 들어먹지 않는 그가 있다. 그게 이상하고, 웃기고, 신기하다가 결국은 극도의 분노에 정류하고 말았다. 행여나 청소를 하다 잘못해서 뭔가를 넘어뜨렸을 때 덜 닫힌 뚜껑 사이로 줄줄 새는 내용물을 보기라도 하면 나의 분노도 함께 줄줄 새는 것이다.

나는 신사답게 간곡히 요청도 해보고, 격분해서 뚜껑을 쾅쾅 내리치기도, 다시는 열지 못하게 만들기 위해 온 에너지를 '영끌'해서 닫아놔 보기도 했다. 그때 나는 인류에게 기대라는 걸 해본 것 같다. 매일 아침 마음을 졸이며 살금살금 욕실로 가본다. 그러나 열려 있는 치약 뚜껑과 눈을 마주친다. 꼭지가 돈다. 집 안에 있는 모든 뚜껑을 쓰레기통에 처넣고 싶다. 말 그대로 그는 '뚜껑 열리게 하는 사람'이었다.

사실 그까짓 뚜껑 좀 안 닫을 수 있다. 그런데 그까짓 뚜껑을 안 닫아주는 게 너무나도 싫었다. 나만 배려하고, 나만 이 가정에 충실하고, 나만 유난스러운 것 같다는 생각이 들어서. 내가 덜 닫힌 뚜껑 같아서.

이런 고단한 루틴이 몇 달 넘게 반복되면 이건 더 이상 뚜껑을 열고 닫고의 문제가 아니게 된다.

오히려 배려의 과목으로 넘어간다. 살아온 생활습관이 달라서 치약을 어디서부터 짜야만 하는 사람인지 혹은 어디서부터 짜도 상관이 없는 사람인지는 다를 수 있다. 그러나 같이 사는 사람과 치약을 어느 구역부터 짜기로 합의할 생각이 있는지, 지킬 배려와 의지가 있는지는 정말 너무도 중요하다. "너는 아무 데나 눌러서 짜? 나는 그게 죽어도 싫어." "그럼 내가 조금만 신경을 써볼게." 이 과정이 필요하다.

결국 청소궁합이라는 건 성격 차이와 같은 맥락이다. 상대방과 얼마나 맞춰 살 준비가 되어 있는지, 내가 얼마나 수용하고 양보할 수 있는지가 청소궁합의 조화를 결정한다. 누가 뭐래도 스스로 살아온 가락대로 살 거라는 마인드라면 동거하는 상대방은 괴로워질 수밖에 없다. 결론적으로 그는 조금도 내 말을 들어줄 생각이 없었고 나는 뚜껑과의 전쟁에서 보기 좋게 패배했다. 그와 나의 청소궁합은 상극이었다.

그가 뚜껑을 닫을 수 있게 하는 방법은 뭐였을

까. 아직도 모르겠다. 그러나 그가 여전히 덜 닫힌 뚜껑들과 함께 살았으면 좋겠다. 그러다 쏟고 괴로 워하고 닦아내고 다시 또 뚜껑을 열어뒀으면 좋겠 다. 고칠 필요도 이유도 평생 느끼지 못하면서.

욕망이라는 이름의
전차

● **BC 1741일~BC 348일**

관계에 있어서 섹스를 참 중요하게 생각한다. 남녀 관계에서 섹스는 빠지지 않는 일종의 관례이고, 나는 사랑하는 사람과 건강한 밤을 보내면 깊은 안도감을 느끼는 편이었다. 그래서 단순히 욕정을 해결하는 걸 넘어서 언제나 섹스를 좋아했다. 나에게 섹스란 정서적 안정이자 상대방에 대한 신뢰의 확인이고, 사랑을 확인하는 또 다른 언어다. 포옹이 좋고 입맞춤이 좋다. 식사 예절, 음악 취향, 화법,

싸움의 기술을 맞춰가는 것처럼 서로의 욕구를 충족시켜 주기 위한 숱한 노력과 배려가 좋다.

그러나 그는 그런 사람이 아니었다. "사랑해"라는 말을 겨우 한 번 하고 나면, 그걸로 그냥 평생 나를 사랑하는 사람이 되는 사람. 굳이 격한 몸의 대화를 나누지 않아도, 옆자리에 나란히 앉아 있는 것만으로도 충전이 되는 사람. 베란다 앞에 앉아 창밖에 살랑거리는 나뭇잎을 가만히 구경하는 고양이처럼 조용하고 한결같은 사람. 자꾸 다가가면 도망가고, 지칠 때쯤 겨우 다가와서 꼬리를 비비는 불편한 사람. 상냥하고 따뜻한 제스처를 부끄러워하고 오히려 친해질수록 멀리 도망가서 헛기침하는 사람. 그냥 그대로 가만히 있다가 나를 가마니로 만들어버릴 것 같은 사람.

욕망이라는 이름의 전차가 있다면 나는 아마 몇 기통씩 되는 스펙 좋은 엔진을 가졌을 거고, 그는 조용하고 충전이 참 오래 걸리는 전기차였을 거다. 달릴 생각은커녕 시동조차 걸지 않는 그를 보며 나 역시 어디 깊숙하고 으슥한 곳에 스스로를 가만히 주차해 둬야 했다.

노력을 안 한 것도 아니었다. 정말 숱한 노력을 했다. 신체적으로 정신적으로 경제적으로 그가 편할 수 있고 부담스럽지 않게 관계에 몰입할 수 있는 다방면의 노력을 했다. 그런데 그는 그냥 나와는 다르게 프로그래밍돼 있는 사람이었다. 도무지 호환이 안 되는 소프트웨어. 호환이 되지 않는 이유도 다양했다. 피곤해서, 우리 사이에 어떤 나쁜 기억이 있어서, 잘 되지 않아서. 우리 관계는 인터넷 익스플로러였다. '영구적으로 비활성화될 예정입니다. 조만간 사용이 중지됩니다. 여기 말고 다른 데로 가세요.'

시간이 지나고 문득 마주한 내 모습은 마치 대기업 앞에서 1인 시위를 하는 것처럼 절박하고, 초라하고, 볼품없고, 나약했다. 가끔은 몰래 울다 잠들었다. 여자로서의 자존심이 바닥을 쳤다. 계란으로 바위를 치면 계란은 깨지기라도 하지. 뭐라도 끈적한 걸 바위에 묻히기라도 하지. 이건 답장 없는 '안 읽씹'이요, 고요 속의 외침이었다.

그렇게 어둡고 혹독한 밤들이 매일 있었다. 신혼 생활에 좋은 놀이터가 될 거라고 생각해 무리해서 굉장히 큰 사이즈의 침대를 샀는데, 그 큰 침대만큼 이나 그와 나의 거리는 몇 마일씩 떨어져 있는 것만 같았다. 해결하려는 노력 자체가 잘못됐을 수도 있 다는 생각을 이제 와서 해본다. 그 역시 최선을 다 했을 수도 있다고. 단지 방법을 몰랐을 수도 있다 고. 하지만 이런 식으로 스스로를 위로하는 것에도 나는 지치고 말았다. 냉정하게 돌아보면 그는 최선 을 다하지 않았다. 그의 '적당한' 최선이, 그래서 도 무지 오를 줄 모르는 욕망의 용량이, 굽힐 줄 모르 는 핑계와 고집이 나를 사막의 태양처럼 꾸준히, 그 리고 바짝 태웠다.

그 와중에 한 가지 굳건했던 건 이 남자가 '나에 게 흥미가 떨어져서'가 아니라 '관계 자체에 큰 호 응이 없기 때문'이라고 여겼던 나의 믿음이었다. 이 절대적 믿음은 생각보다 오래 갔고, 생각보다 어이 없이 파괴됐다.

끝내 헤어지지
못했던 사람

● **BC 759일**

예능 프로그램을 보다 보면, 그런 게임이 있다. 주어진 제시어를 듣고 진행자가 '하나, 둘, 셋!'을 외치면 같은 동작을 해야 통과되는 그런 게임. 우리 에게도 그런 날이 있었다.

2020년 6월 우리는 헤어졌었다. 그에게 내가 마 지막으로 건넸던 말은 '우리의 관계가 종료됐음을 서로 이해하고 이제는 응원하는 사이가 됐으면 좋겠다, 그동안 보살펴 줘서 고맙다'였다. 나는 그에게 아주 정중한 방식으로 이별하고 싶다고 말했다. 8분여가 지나고 난 뒤 그가 보내온 답장은 놀라울 정도로 정돈돼 있었다. 그는 '며칠간 연락을 하지 않았는데 그게 무례하게 느껴졌다면 미안하다'면서, '자신의 마음은 그대로라 내가 결정해 주기를 기다리고 있었다'고 말했다. 안 어울리게 쉼표를 두 번이나 넣어가며 눌러 쓴 문장을 보고 있노라니 마음이 정말 이상해졌다. 마치 한 사람이 두 사람 몫의 이별 문장을 나눠 쓴 것처럼 그의 언어에 내 감정까지 묻어 있는 것만 같았다. 그는 '나를 만나는 5년여 동안 심리적으로 안정이 됐다'고, '앞으로 좋은 일만 있기를 응원한다'고 했다. 세상 다정한 말투였다.

늘 그런 식이었다. 그는 낭떠러지에서 떨어지는 순간에만 웃는 사람이었다. 버려지는 순간에만 애틋해지는 사람. 위기의 순간에만 다정한 목소리로 다가오는 사람. 그래서 나를 언제나 안타깝고 외롭게 할 사람. 우리의 기승전결은 그렇게 마무리됐었다.

재회한 건 한 달 반 만이었다. 얼굴을 보자며 서울로 올라온 그가 꽤 이른 시간에 우리 집 앞에 도착했다. 우리는 제시어 퀴즈라도 하는 것처럼 커플 운동화를 신고 만났다. '재회'라는 제시어에 우리가 동시에 들고 나온 소품이었다. 우리는 유일하게 같이 산 신발을 신고 나타난 서로를 금방 알아채고 반가워했지만, 그렇다고 웃음이 나지는 않았다. 그저 여름의 온갖 습기를 다 머금은 것처럼 몸이 무거웠다. 길바닥에서 발로 아스팔트를 슬슬 긁을 뿐이었다. 뭘 먹으러 자리를 옮기기도 뭐해서 내가 살던 오피스텔 1층에 있는 '산쪼메 라멘'에 갔다. 아무 라멘이나 두 개를 시켰다. 우리가 서로 확인한 게 마음인지 안부인지 미래인지 그런 건 알 길이 없었다. 평소 같으면 국물까지 꼴깍꼴깍 먹었을 라멘인데 절반 이상을 다 못 먹고 남겼다. 우리의 시즌 3가 그렇게 다시 시작됐다.

장거리 연애를 5년씩이나 하면서 헤어진 건 그게 처음이 아니었다. 이별도 섹스도 연중행사였던 우리에게 딱히 쓸 만한 자존심 같은 건 없었다. 내가 못 견디면 헤어지고, 서로 못 견디면 다시 만났다.

당장 없으면 못 살겠다는 감정 하나 때문에 '쌀통에 쌀을 보는데 왜 이렇게 너 생각이 나냐' 같은 말 한마디로 다시 예전의 우리가 되는 거다.

그가 내 돈을 갚을 생각이 없다고 생각했을 때, 그가 더 이상 나를 사랑하지 않는 것처럼 대했을 때, 나와의 관계를 노부부쯤으로 여긴다고 생각했을 때마다 나는 그에게 이별을 고했지만 결과는 매번 실패였다. 헤어지고 나서 CJ ENM 화장실에 주저앉아 전화기를 붙잡고 엉엉 운 적도 있고, 그 찰나의 빈틈을 비집고 대시하는 남자들과 밥을 먹고 영화를 본 적도 있었다. 그러나 그 어떤 것으로도 그의 빈자리는 채워지지가 않았다. 누가 돈을 쥐어주고 헤어지라고 하면 싫다고 울고불고 꽹과리를 쳐대면서 한강에 돈다발을 뿌려댔을 거다. 수많은 이별들이 있었지만, 그중에도 그 여름날 라멘을 먹지 않았으면, 다른 운동화를 신고 나갔다면 어땠을까를 아직도 생각한다. 아마 그럴 수 없었을 거다. 확신이라기보다는 정이 너무 많이 들었기 때문이다.

확신이 부족한 연애를 오래 이어간 데는 나의 합

리화도 컸다. 사랑한다는 말을 가뭄에 콩만큼도 안 해주던 그였지만, 나를 만날 때마다 지어주는 표정 하나 때문에 나는 늘 그를 향해 달려갔다. 비밀번호를 누르고 그의 집 문을 열면 언제나 공식처럼 환하게 웃어 보이는 표정. 그 얼굴 하나면 그냥 우리의 모든 것들이 한 번에 설명이 됐다. 나는 숨은그림찾기를 하듯 그의 무던함과 무뚝뚝함 속에서 기어이 사랑을 찾아댔다. 나는 연금술사였다. 사랑은 만들어가는 거라고 생각했다. '성실' '가화만사성' '건강하게 살자' 이런 지키기 힘든 문장들을 집 안 벽에 가훈으로 주렁주렁 달아놓고 사는 사람들처럼. 지키려고 애를 쓰면 이뤄진다고 믿었다.

사랑이 몸서리치게 충만해서 하는 결혼생활도 그 엿 같음이 하늘과 땅 차이인데, 확신 없는 결혼이 얼마나 참혹한지는 꼬박 2년 2개월이 지나고 '그 사건' 덕분에 알게 됐다. 사실 알게 됐다기보다는 알고 있었지만 외면했던 것들과 마주한 건지도 모르겠다. 왜 누구 하나 나를 도시락 싸다니면서 말려주지 않았을까 원망도 되지만, 다시 생각해 보면 나 자신이 가장 우려했던, 아는 결말이었던 것 같다.

조상님이 풀어주신
페이스 아이디

● **BC 339일**

그날은 모든 게 그렇게 흘러가기로 되어 있던 날이었다. 모든 게 알맞게 세팅되고 소품과 동선도 완벽하고 연출과 대본이 딱딱 맞아떨어지는 그런 날. 진실의 종이 울려버린 날.

그는 연애할 때부터 누가 자신의 폰을 들여다보는 걸 극도로 싫어했다. 왜 다들 그럴 때가 있지 않나, 스마트폰으로 이것저것 보다가 재미있는 짤이라도 발견할 때. 그래서 그 화면을 보여주고 싶을 때. 그런데 그때마다 폰을 잡은 그의 손은 마치 1등 당첨된 로또 용지를 움켜쥔 듯 뺏기고 싶지 않은 사람처럼 과하게 힘이 들어갔다. 나는 그게 참 불편했다. 하지만 나 역시 남의 폰을 동의 없이 보는 건 민폐라고 생각해서 굳이 상관하지 않았고, 일부러 더 관심 없는 척해서 안심시켜 주려고 노력했다. "안 봐, 안 봐. 뭘 그렇게 꼭 쥐어?"

연애 초기, 그와 나의 화두가 '일베'였던 적이 있었다. 사귄 지 얼마 안 됐을 때, 그는 나에게 '일베' 커뮤니티를 자주 들어간 시기가 있었다고 갑작스럽게 고백했다. 나는 '이게 지금 일종의 테스트인가?' 싶어 '그래서 어쩌라는 건지 모르겠다'는 쿨한 표정을 지어줬다. 나중 얘기지만 그와 나는 정치나 젠더 문제에서 가치관의 차이가 있는 편이었다. 우리는 오랜 시간 동안 싸우기에는 서로 진이 빠질 거라는 걸 너무도 잘 알아서 절충하고 합의하는 방향보다 인정하고 포기하는 쪽으로 평화를 찾았다. 그냥 가끔식 "아직도 일베 해?" "안 한다니까" 그런 말을 농담처럼 했다. 그러던 어느 날 이런 글을 보게 됐다.

'남자친구가 일베하는지 알아보는 방법'

대충 요약하자면 상대방의 폰에 들어가 사파리를 켜고 주소창에 'i'를 찍어보면 답이 나온다는 거다. 자주 들어간 사이트가 자동으로 생성되므로 'ilbe'로 시작하는 '그 사이트'가 뜬다는 내용이었다.

'웃기군.'

나는 잠이 들어 있는 그의 폰을 가져다가 비밀번호를 풀었다. 그리고 사파리에 들어가 'i'를 과감하게 눌렀다. 일베 사이트만 나와봐라. 내일 신나게 놀려줄 거다. 그러나 내가 맞닥뜨린 건 전혀 예상치 못한 사이트였다. 'i'로 시작하는 처음 보는 사이트. 이게 뭐야.

영업을 하는 남자친구가 건전할 거라는 믿음은 그냥 나 자신을 지키기 위한 수단일 뿐이었다. 나는 대한민국 하늘 아래 그저 그런 영업사원의 아내 따위는 되고 싶지가 않았다. 남편이 유흥과 접대를 당연하게 생각하는, 하지만 그걸 까마득하게 모르고 존중하고 아껴주는 불쌍한 비극의 와이프. 그런 건 내 장래희망에 없었다. 물론 회사생활을 하다 보면 하고 싶지 않은 말을 하고, 듣고 싶지 않은 말을 듣고, 보고 싶지 않은 것들을 보게 될 수 있다고 생각했다. 특히나 영업직이라면. 그러나 지금 내 눈앞에 보이는 화면은 유흥주점과 마사지, 안마방, 휴게텔 정보가 가득한 '광주 전라 유흥커뮤니티' 사이트였다. 지역별 업소 현황부터 후기까지 아주 제대로 된 체계를 갖추고 있었다. 알 수 없는 초성 단어들이 즐비해서 의미를 찾아보니 그것 또한 가관이었다. 평생 모르고 살 수도 있었던 세계가 눈앞에 펼쳐졌다. 나는 유흥 정보의 바다에 뛰어들었고 거대한 데이터와 그가 보여주는 '진실'들에 당장이라도 익사할 지경이었다.

다음 날 아침 그에게 따져 물었을 때 그는 당당하게 화를 냈다. 예상한 반응이었지만 너무나 당당해서 당혹스러웠다. 폰을 몰래 들여다본 내가 잘못이라는 거였다. 그는 차분한 변명 대신 적반하장을 택했다. 그는 도대체 내가 왜 자신의 폰을 봤는지에 대한 답변을 듣고 싶어 했다. 이게 주객전도인가.

내가 설명하는 시간 동안 그가 적당한 핑계를 찾았는지, 마침내 변명을 해줬다. 지인이 운영하는 안마방 때문에 그 사이트를 들어가 본 것뿐이라고.

연애할 때도 헤어질 절호의 기회들은 많았다. 절친한 지인이 운영하는 그 '안마방'에 모여 술을 먹고 있다는 얘기를 들었을 때, 작가생활을 하는 동안 청춘을 다 바쳐서 밤을 새우고 구성안을 쓰고 촬영을 다니며 모은 1000만 원을 빌려갔을 때, 유흥업소를 한 번도 간 적 없냐는 말에 친구 결혼식 전에 간 게 마지막이라고 했을 때, 그런데 그게 나와 연애하던 중이었을 때. 그리고 그저 폰을 본 게 기분이 나쁘다며 도끼눈을 떴던 이날에도 나는 헤어졌어야 마땅했다. 그러나 나는 이날도 그와 헤어지지 못했다. 심지어 서랍에서 마사지, 단란주점, 각종 업소의 전화번호가 찍힌 라이터들을 잔뜩 발견한 날에도 그는 '라이터의 유통과 순환'에 대해 내가 전혀 모르고 있다며, 식당이나 노래방, 술집에 가면 이런 라이터들이 쌓였다며 펑펑 우는 나를 앞에 두고 킬킬 웃어댔었다. 그런 그를 그저 무턱대고 믿었다. 참고 연애하고 결혼도 했다. 물론 좋아서 한 결혼이었다.

믿음은 실로 단단했다. 유독 회식이 잦았던 그에게 밤늦게 여자 동료가 전화를 해도, 전화를 받지 않자 '미안해요. 잘 들어갔어요?'라는 카톡이 와도 그런가 보다 했다. 그리고 그 여직원이 결혼식에 와서 뭐 이딴 눈빛이 다 있나 싶게 나를 빤히 쳐다봐도 아무렇지 않았다. 회사 일 때문에 어쩔 수 없이 유흥은 해도 바람은 안 피울 거라는 확신이 있었기 때문이었다. 믿음에는 변함이 없었지만 오히려 불안한 건 유흥 쪽이었다. 하지만 눈을 감았다. 언제나 그냥 그의 말대로 얌전히 2차로 자리를 옮겼겠거니, 3차를 가서 맥주를 마시겠거니 내버려 두었다.

그러나 2021년. 조상님들도 더는 이런 꼬락서니를 두고 볼 수 없었는지 결혼을 한 지 얼마 되지도 않았는데 그의 페이스 아이디를 풀어주셨다.

말하자면 그냥 어느 날 그의 아이폰 페이스 아이디가 고장이 났다. 어떤 방법을 써도 고칠 수가 없었고 매번 비밀번호를 쳐서 열어야만 했다. 결국 그는 귀찮다며 비밀번호를 해제했다. 그때까지만 해도 아무 생각이 없었다.

하지만 살다 보면 문득 뭔가가 거슬리는 날이 있다. 그날 내가 거슬렸던 건 '유독 요즘 폰만 들여다본다는 것'이었다. 물론 장거리 연애를 할 때부터 나는 만날 때마다 그의 얼굴 대신 정수리를 보는 일이 잦았다. 그는 나를 앉혀두고 주로 게임을 하거나 유머방을 들어갔다. 신기해서 그 정수리를 매번 찍어뒀다. 오죽하면 사진첩에 '정수리' 폴더가 생길 정도였다. 그렇지만 결혼을 하고 나서도 그 모양인 건 싫었다. 둘이서 하는 가족회의 때 몇 번이고 얘기하고 나니 겨우 고치기 시작했지만 그에게서 폰을 떼어놓기란 쉬운 일은 아니었다. 가끔 힐끔 쳐다보면 고등학교 절친들이 모여 있는 18명 단톡방에 일거수일투족을 남기는 모양이었다. 뭔가가 맛있으면 맛있다고 얘기하고 웃기면 웃기다고 올리는 듯했다. 그쯤 되니 저렇게 좋은 걸 내가 뭐 하러 못 하게 하나 싶었다. 나 때문에 뭔가를 억지로 고치거나 좋아하는 걸 못 하게 하는 느낌이 싫어서 됐다고, 그냥 하던 대로 하라고 내버려 뒀다.

그러나 9월 9일. 그날은 달랐다. 기분 좋게 회식을 하고 술에 취해 집에 들어가니 새벽 3시가 됐다. 그도 만취 상태로 자고 있었다. 누가 업어 가도 모르게 자고 있는 걸 보니 꽤 많이 마신 듯했다. 거실에 그가 벗어놓은 바지가 8자 모양으로 입을 벌리고 있었다. 바지 주머니에서 흘러나온 폰이 내 눈에 들어왔다.

'저걸 오늘 열어봐야겠다.'

무슨 연유로 그런 생각을 했는지 모르겠다. 나는 잠금을 해제했다. 그리고 곧바로 카톡을 열었다. 그러고는 가장 궁금했던 방으로 저벅저벅 들어갔다. 요지경 세상이 또 한 번 펼쳐졌다. 손이 떨렸다. 도저히 침착하게 읽을 수가 없어 화장실에 문을 잠그고 들어갔다. 바닥에 주저앉아 끝도 없는 말들을 빠르게 읽어 올라갔다. '딥 러닝'이었다. 그곳의 내 남편은 내가 알던 남편이 아니었다. 새로 학습해야 하는 수준이었다. 입에 담기도 어렵고 누구한테 전하기도 어렵고 상상하기조차 어려운 문장의 말풍선 색이 하필 노란색이었다.

'남자들이 카톡방에서 나누는 대화들이 다 그렇지 뭐'라고 생각할 수 있다. 그러나 웬만큼 이해심이 깊은 나도 그 수위는 감당하기가 힘들었다. 차라리 야한 사진이나 동영상을 주고받았으면 이해가 쉬웠을 것 같다. (물론 중요한 모음집들도 내 남편이 주도적으로 공유하고 있었다.) 하지만 질펀질펀한 업소 후기를 비롯해 회사 탕비실, 지하철이 끊긴 신림동, 심지어 나랑 있는 순간까지도 하루 종일 '유흥 생각'만 하는 이 개잡놈의 새끼가 내 남편이라는 생각에 미치자 도저히 참을 수가 없었다. 너 이 새끼 이런 놈이었구나. 내가 6년을 데리고 지내온, 바득바득 이를 갈아가며 멱살을 잡고 끌고 온 사람의 수준이 이 정도였구나. 치가 떨렸지만 몇몇 대화들은 폰으로 찍어두고 모든 대화 내용을 내 메일로 전송시켜 뒀다. 메모장 파일 다섯 개가 도착한 걸 확인하고 다시 모든 대화를 읽었다. 말 그대로 모든 게 다 터져버렸다.

"일민아." (이름 대신 가명으로 대신한다.)

코를 골며 자고 있는 그의 옆에 다가가 조용히 이름을 불렀다. 그는 화들짝 깼다.

"내가 있잖아. 미안한데. 너 폰을 봤거든? 그리고 다 읽었거든?"

남편의 정신은 생각보다 빠르게 부팅됐다. 상황 파악에는 그리 오랜 시간이 걸리지 않았다. 그는 곧바로 너무너무 창피하고 미안하다고 했다. 그곳에 있는 모든 말들에 대해 사과했다. 그리고 그 카톡방은 헛소리만 해대는 방일 뿐이라고, 전혀 사실이 아니라고 말뿐이라고 계속해서 변명했다. 그렇구나. 업소에 간 적도 없고, 그 여자가 '담양년'도 아니며, 심지어 너네끼리 '사번'을 만들어서 누구랑 잔 게 누가 먼저였는지 순서를 두고 왈가왈부 킬킬거리는 꼬락서니도 다 그냥 '헛소리' '놀이'에 불과한 거구나. 대단하다. 청산유수였다.

유흥 자체에 배신감을 느꼈다기보다는 여자로서의 자존감이 바닥을 쳤다. 우리는 보물섬을 찾는 게으른 해적처럼 아슬아슬하고 위태위태한 항해를 해오던 섹스리스 부부였는데, 알고 보니 그의 음기와 양기는 실로 기호지세와 같았다. 메모장 파일을 열어 굳이 굳이 처음부터 다시 카톡 내용을 정독했다.

눈물샘에 누수가 생겼다. 평소에 워낙 관계에 무디고 무관심한 태도라 나만 좋아하는 건가 싶어 자주 울다 잤는데 이건 단순 신파가 아니라 개막장이었다. 결혼한 지 4개월, 혼인신고한 지 한 달, 신혼집으로 이사한 지는 2주도 안 돼서 벌어진 일이었다.

며칠 사이에 살이 눈에 띄게 빠졌다. A4 용지에 서로 섞인 재산이 얼마나 되는지를 적었다. 그리고 남편에게 카톡을 했다.

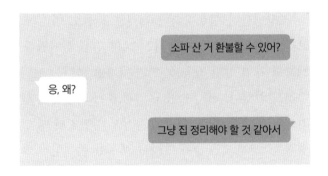

소파 산 거 환불할 수 있어?

응, 왜?

그냥 집 정리해야 할 것 같아서

신혼 가구가 도착하기도 전에 환불을 해야 한다니, 절망스러웠다. 남편은 퇴근하고 집에서 얘기하자며 나를 달랬다. 매일매일 똑같은 대화들이 이어졌다.

"그동안 그걸 그렇게 좋아하면서 어떻게 참았니? 나야말로 여자로서 너무 자존심 상해."

"사실이 아니야. 발령받고 너무 스트레스가 많아서 뭘로든 풀어야 했는데 그냥 헛소리하면서 푼 것 같애. 애들한테 다 물어봐. 애들도 진짜 안타까워해. 자기가 그렇게 힘들면 내가 친구 다 끊을게. 나 걔네 없어도 돼. 너만 있으면 돼. 카톡방도 나왔어. 아예 다 끊고 너만 보고 살게. 나 너 하나 보고 서울 올라왔어."

조상님들이 현수막과 플래카드를 들고 여기 좀 보라고 외치는 마당에도 나는 그의 말을 들어줬다. 생각해 보면 말만 있을 뿐 그가 유흥을 했다는 어떤 증거도 없었다. 워낙 마음도 약하고 다정이 병인 성격이라 '그 카톡방에 다시 들어가도 상관없다'고 말했다. 그에게 친구들이 얼마나 애틋한 존재인지 알아서였다. 내 처참한 폐허를 복원하는 것보다는 그가 즐거운 일상을 되찾는 게 배려라고 생각했다. 아마 지하 세계 어딘가에서 조상님들의 농성 같은 게 벌어졌을 거다. 얼마 지나지 않은 주말, 함께 식당에서 설렁탕에 만두를 먹는데 그가 또 카톡을 한다.

명치가 쿵 하고 갈라지는 기분이 들었지만 애써 물었다.

"다시 들어가니까 오빠들이 뭐래?"
"이왕 이렇게 된 거 이 방에 너도 초대하라는데? ㅋㅋㅋㅋㅋ"

이 망할 놈의 철부지는 나와 어쩌다 부부의 연으로 얽힌 걸까. 평행우주가 있다면 지금이라도 돌아가서 쩔쩔 끓는 설렁탕 뚝배기로 그 망할 놈의 뚝배기를 쾅쾅 깨부수고 감옥에 갔어야 맞다. 그러나 나는 그렇게 하지를 못했다. 그저 남자들은 다 똑같고, 하나같이 철부지고, 이런 건 언젠가 겪어도 겪을 일이라는 생각을 했다. 그렇게 아무 일도 없었던 것처럼 혼자서 또 한 움큼을 삼키고 결혼생활을 이어갔다. 해프닝이라고 생각하는 쪽이 훨씬 편했다. 그러나 결국 아무것도 나아진 건 없었다. 달라진 건 내가 그만큼 확실히 더 우울해졌다는 것뿐이었다.

자극적이고 충격적인 문장들은 지금도 여전히 토씨 하나 안 틀리고 다 기억난다. 어디에 내놔도

심의 부적격 판정을 받을 문장들이라 나와 그의 존엄성을 지키기 위해 여기에는 단 한 줄도 옮기고 싶지 않다. 그 당시에도, 지금도, 사실 나는 모든 건 태도와 사랑의 문제라고 생각한다.

트라우마
방탈출

　한동안은 예쁘고 생기 있는 여자들을 보는 것조
차 어려웠다. 의식적으로 젊고 섹시한 여자를 피해
다녔다. 그러나 그들은 옥외 광고판에도 있고, 릴
스, 쇼츠, 커머셜, 예능, 다큐, 드라마, 음원 차트,
심지어 현실 세계에도 어디에나 있었다. 아무리 피
해도 노출될 수밖에 없었다. 그럴 때마다 카톡방의
대화 내용들이 생각나 눈을 질끈 감았다. 조금 끔찍
했다.

안 되겠다 싶어 인터넷에 '트라우마'를 검색하다 '트라우마 셀프 치료법'을 발견했다. 방법은 너무도 간단했다. '눈동자 운동을 하세요.' 가만히 눈을 감고, 눈동자를 굴리는 것만으로도 고통스러운 기억이 감소된다고 했다.

어이가 없네. 말도 안 된다고 생각했다. 눈을 감고 눈동자를 와이퍼처럼 왔다 갔다 하는 것만으로도 마음의 상처가 극복된다는 게 이상했다. 그래도 눈을 감아봤다. 다 이유가 있으니까 하라고 하는 거겠지. 천천히 눈동자를 굴려본다. 이 바보 같은 행동을 따라 하는 내가 너무 안쓰러웠다. 왔다, 갔다. 왔다, 갔다. 그런데 이게 생각보다 많은 도움이 됐다. 하고 있는 동안은 호흡도 가라앉고, 이 행위 자체에 집중을 하다 보니 마음도 조금 안정될 수 있었다.

심리학자 프랜신 샤피로Francine Shapiro 박사님. 그분이 나를 구했다. 치료법의 정식 명칭은 EMDREye Movement Desensitization and Reprocessing로, 안구운동 민감 소실 재처리 요법이라는 의미다. 미국정신의학회에서 트라우마에 가장 효과적인 심리치료 중의 하나라고 공표했을 만큼 입증된 방법이다. 기분이 안 좋은 상황에서 공원을 산책하던 샤피로 박사는 주변 풍경을 둘러보다가 순간적으로 안도감을 느끼게 된 후 이 치료법을 개발했다고 한다. 눈을 좌우로 왔다 갔다 하는 동작으로 뇌의 좌우를 교대로 자극해 주면, 뇌가 정보처리 기능을 활성화시켜서 기억들을 재처리해 준다. 나는 다행히 걷는 걸 좋아해서, 가만히 앉아서 안구운동을 하는 것보다는 한강까지 산책을 하고 주변을 둘러보고 오는 방법이 큰 도움이 됐다. 나무, 풀, 강, 오리 같은 걸 보면 기분이 한결 나아졌다.

"만약 어떤 생각이 자꾸만 떠오른다면, 그냥 내가 이 생각을 하고 있구나 하고 생각하세요."

몇 년 전 요가를 다닐 때 한 선생님이 해준 말이었다. 명상을 할 때 모든 잡념들을 다 내려놓고 아무 생각하지 말라는 다른 선생님들과는 달랐다. 비워내려고 노력해도 비워지지가 않으면 그냥 그렇구나, 그러려니 하며 그대로 두라고 했다. 그 후로도 가끔씩 수많은 잡생각이 나를 지배하려 하거나 스스로 물리치기 어려울 때면 억지로 떨쳐버리려고 애쓰기보다는 오롯이 받아들이는 연습을 했다. 나 자신을 저 높고 먼 곳으로 끌어올려 전지적 관점으로 바라보는 거다. 그럼 나도 모르게 내가 몰두하고 있던 생각들이 어느 정도 정리가 된다. 캄캄하고 어두운 이 절망의 방에서 겁을 먹거나 조급해할수록 탈출은 어려워질 거다. 마음을 가다듬고 차분하게 방을 바라보면 나가는 길이 분명히 보일 거라고 믿는다.

힘이 들 때 도망가지 않고 스스로를 마주하는 건 참 어려운 일이다. 그래도 이런 모습으로 이런 시기를 겪고 있는 나 자신을 집중해서 들여다보기로 한다. 내비게이션처럼 나의 현 위치를 보고, 내가 가야 할 곳까지 얼마나 남았는지를 가늠한다. 멀 수도 있고, 구불구불할 수도 있고, 가다가 길이 막힐 수도 뚫릴 수도 있다. 하지만 목적지는 분명하다. 나의 평안과 행복. 오늘도 그 방향을 향해서 조금씩 걸어간다. 계속해서 꾸준히 걸으면 다다를 수 있다는 굳건한 믿음으로.

애플워치가 쏘아 올린
진실게임

조상님들은 대단하다. 온 우주의 기를 모아 남편의 페이스 아이디를 풀어줘도 기어이 내가 바득바득 결혼생활을 이어가자 이번에는 6개월 만에 그의 애플워치를 박살내 주셨다. 별로 높은 곳에서 떨어진 것도 아니었는데 그의 액정은 바사삭 깨졌다. 투덜투덜. 그러게 조심 좀 하지. 수리비가 많이 든다며 그가 워치를 집에 두고 다닌 게 나에게는 신의한 수, 그에게는 악수였다.

애플워치의 위력이 실로 대단하다고 느낀 건 청소를 하던 어느 날이었다. 침대 헤드를 닦다가 완충된 채로 놓인 애플워치를 툭 건드렸다. 초록불이 환하게 켜졌다. 심박수를 체크하기 위한 불빛이다. 괜히 거슬려서 뒤집는 순간 카톡이 '지징' 하고 울린다. 저 멀리 20킬로미터 떨어진 곳에 출근해 있는 그의 아이폰과 이 집에 있는 애플워치가 이렇게나 끈끈하게 연동된다니. 이게 되네?

살면서 이런 유혹이 다 있을까. 카톡방으로 사고쳤던 남편의 애플워치가 무방비 상태로 나에게 있다. 언제든 그 지옥의 방을 들여다볼 수가 있었지만 참았다. 아유 안 봐요. 안 볼게요. 어련히 알아서 잘하시겠어요.

그런데 하필 인간에게는 촉이라는 게 존재한다. 365일 피곤에 절어서 주말이면 무조건 누워 있어야만 하는 사람이 오늘은 별안간 '궁딩이'를 흔들며 파고든다. 분명 어제 회식하느라 술이 떡이 되어 집에 들어왔는데 "자기야. 우리 뭐 할까. 놀러 갈까?" 하며 꼬리를 살랑살랑한다. 이상하다. 반갑지가 않다. 내 눈빛은 서슬 퍼런 킬러처럼 변했다. 잠깐, 너 뭐 있구나.

그가 룰루랄라 담배를 피우러 나간 사이 애플워치를 움켜쥐었다. 나의 엑스칼리버. 이걸 뽑아 들 때가 왔다. 천천히 검을 들어 올린다. 어제 회식한 사람들끼리의 카톡방이 신설돼 있었다. 하필이면 그 방에 툭하면 남편에게 '좋은 데 가자'고 하는 팀장이 껴 있어서 싫었다. 어제 즐거웠다고 잘 들어갔냐는 안부 사이로 기분 좋게 놀아재낀 사진들이 올라와 있다. 노래방에 갔구나. 그런데 여자 두 명이 더 있네?

그 순간의 충격과 절망감은 표현이 어렵다. 어이가 두 동강 났다. 세상 화려한 안감 컬러로 리버시블 패딩을 뒤집어 입은 그가 처음 보는 여자와 나보다 친한 포즈로 사진을 찍고 있다. 옆에 있는 어린 여자애들이 뭘 알겠는가. 그들에게 정신 팔릴 때가 아니다. 애플워치 화면을 캡처하면 그의 폰으로 사진이 자동 저장되기 때문에 내 폰으로 몇 장을 찍어 뒀다. 좋았니. 나는 이제 이 사람과 끝이다.

담배 냄새를 풍기고 돌아온 그에게 다정히 묻는다.

"어제는 누구랑 뭐 먹고 놀았어?"
그가 종알종알 대답한다. 팀장님이랑 후배 두 명과 함께 술을 잔뜩 먹고 노래방을 갔다 왔다고 신이 났다.

"그렇게만 놀았어?"
"아… 같이 먹는 후배 초등학교 동창 여사친이 그 근처에 있대서 여사친이랑 여사친 친구도 같이 와서 놀았어."
"사진 찍고 놀았어? 봐봐."

거기서부터였을 거다. 남편이 뭔가 잘못됐다고 느끼기 시작한 게. 애초에 사진 같은 건 없다고 했어야 안전했을 텐데 페이스가 말린 그가 중얼중얼 말도 안 되는 변명을 늘어놨다. '팀장님이 서로 다 같이 친해 보이게 사진을 좀 찍으라고 해서 억지로 찍었다.' '사진이 누구한테 있는지는 모른다.' '별일 없었다.' 이럴 때 보면 참 정치인 같고 웅변가 같다. 남편이 또다시 담배를 핑계로 밖으로 내뺀다. 하지

156

만 조급해할 필요 없다. 나에게는 워치가 있다. 아니나 다를까. 그는 회식 카톡방에서 실시간으로 호소하고 있었다.

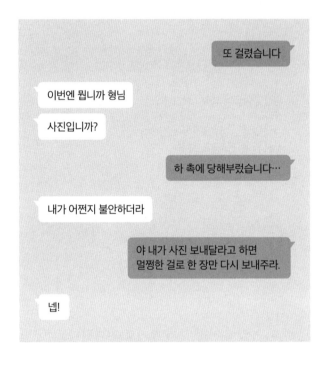

참 눈물 나게 체계적이다. 내가 판옵티콘처럼 들여다보고 있다는 사실도 모른 채 안간힘들을 쓰고 있다. 드디어 그에게 카톡이 온다.

아나. 여기 있다.

(사진)

친해 보이게 찍은 사진 있다며. 그걸 보내.

팀장님 아들이 코로나 확진이래

근데 내가 그 카톡방에 어제 놓았던
사진 좀 보내달라고 보채?

누가 찍었는지도 몰라.

그만 살자

그래라

현관문 앞에 서서 그가 오기를 기다렸다.

"이게 다야? 아니잖아."

"어, 이게 다야! 진짜 없다니까! 너 혹시 내 폰
봤냐?"

"내가 네 폰을 왜 봐. 너야말로 감추고 있잖아."

"사진 없다니까?"

"폰 안 봤다니까?"

남편과 나의 라이어게임은 그때부터 시작됐다. 사진을 둘러싼 진실게임. 서로가 거짓말을 하는 걸 알면서도 먼저 굴복하기가 싫어서 침묵의 협박이 오고 갔다. 이제 와서 생각하면 그게 무슨 싸움인가 싶다. 당신이 먼저 말해, 아냐 너가 먼저 실토해. 무언의 줄다리기가 계속되자 내가 먼저 지쳐서 사진을 보여줬다.

"내가 이런 걸 봤는데."

"누가 보내줬어? 하… 팀장님이 보내줬구나. 팀장님이 보내줬지?"

다행히 나의 진짜 패는 들통나지 않았다. 애플워치로 카톡방을 봤으리라곤 전혀 상상을 못 했을 거다. 나는 이쯤 되면 남편이 제대로 사과를 할 줄 알았다. 그러나 생존에 위협을 받으면 가시를 펼치고 몸을 부풀리는 동물들처럼 그는 세상 당당한 표정으로 역정을 냈다.

"내가 보듬기를 했냐, 뭘 했냐!"

둘이 부둥켜안고 보듬는 영상을 포착했어야 하
는데 순전히 또 내 잘못이다. 100번을 물어봐도 노
래방 도우미가 아니고 후배의 여사친들이라고 대
답했다. "졸업앨범이라도 보여달라고 할까?" "어떻
게 증명할까?" 그는 질문만 할 뿐 그 어떤 것도 증
명해 내지 못했다. 미안하다고 빌어도 봐줄까 말까
한 상황에서 또 한 번 적반하장을 택한 그가 더 이
상 꼴 보기 싫어서 그길로 밖으로 뛰쳐나왔다. 3월
인데도 쌀쌀했다. 딱히 갈 곳도 없고 연락할 사람도
없었다.

찔찔 울면서 택시를 타고 조계사로 향했다. 그날
따라 행사가 있어서 사람들이 많았다. 플라스틱 의
자를 질질 끌고 어르신들 사이에 앉아 부처님을 보
고 멍을 때렸다. 부처님 안녕하세요. 또 왔어요. 이
제는 도저히 안 될 것 같아요. 믿어주고 싶은데 더
이상은 그를 믿을 수가 없었다.

서류 뽑아놔. 오늘 정리하게.

니가 나간 김에 뽑아와.

　주객전도가 끝이 없다. 기가 찬다. 상황도 마음
도 정리가 덜 됐는데 도저히 추워서 더는 밖에 있을
수가 없었다. 왜 그는 저 따뜻한 집에 편안하게 있
고 정작 나는 이 추운 길바닥에 앉아 질질 짜는가.
자리를 박차고 나가려는데 한 법우님이 책을 건네
신다. 『금강불자수경』. 가져가서 집에 가서 읽어보
라고 하신다. 두꺼운 책을 휘리릭 펼치자마자 얼마
전에 알게 된 트라우마 치료법이 떡하니 나온다. 눈
을 감고 눈동자를 와이퍼처럼 움직이라는. 아, 아
는 방법이다. 나는 언제까지 눈동자를 굴려야 할까.
나쁜 기억 말고 나쁜 사람을 지우는 방법은 없을까.
마음이 진정되지 않은 채 집으로 향했다. 나는 이
질긴 인연을 끊어낼 수 있을까.

남편에 대한
신앙심

● **BC 120일**

그날은 눈에 뭐가 씐 날이었다.

신도림에 술을 먹으러 다녀오겠다는 남편을 도저히 믿을 수가 없어서 쫓아 나갔다. 검은 모자 검은 롱패딩에 슬리퍼를 끌고 머리부터 발끝까지 완전무장을 한 채 택시를 타고 따라나섰다. 오히려 너무 무장을 해서 의심스러운 행색이었다. 만나기로 했다는 횟집 앞에서 두리번거리는데 남편은 어디에도 없었다. 혹시나 해서 인근 식당들을 더 탐색했다. 그 와중에 담배를 피우러 나오는 아저씨들이 다 남편의 일행인 것만 같아 심장이 쪼그라들었다. 주변을 둘러보는데 노래방 간판들이 눈에 들어왔다.

'노래방에 갔구나.'

그때부터 나의 모든 감각은 잘못된 종교를 믿는 사람처럼 한 가지 신앙에 빠졌다. 그가 나에게 거짓말을 하고 노래방에 있을 거라는 맹신. 골목 전체가 한 집 건너 한 집이 노래방이었다. 여기서 남편을 찾아야 한다.

지하로 통하는 노래방이 많아 한 곳씩 차례로 다가가 입구에서 귀를 기울여 봤다. 열심히 노래하는 사람들의 목소리가 밖으로 퍼져 나왔다. 그렇게 차례차례 나만의 검문을 하던 찰나, 남편과 비슷한 목소리가 들리고 말았다. 하필 최근에 같이 들은 트로트 노래였다. 아무리 믿음을 저버리려고 해도 이건 그분의 음성이었다. 한참을 서성이며 고민하다 눈을 질끈 감고 몰래 들어가 보려고 결심을 했는데,

띠잉도옹!

센서가 작동한다. 손님을 맞이하기 위해 설치해
둔 초인종 안내음이다. 너무 깜짝 놀라서 잘못한 사
람처럼 뒷걸음쳤다. 기다리면 언젠가는 나오겠지
하는 마음으로 주정차 구역에 털썩 주저앉았다. 술
먹다 담배를 피우러 나온 사람들이 힐끔힐끔 쳐다
보는 시선이 느껴졌다.

그렇게 시간이 얼마나 흘렀는지는 모르겠다. 초
조하게 여기저기를 살피는데 저 멀리 네 명의 남자
무리가 마사지숍 쪽을 향해 걸어가고 있었다. 꼭 뒷
모습이 남편 같은 사람이 걸어간다. 전화를 건다.
남편이 받지 않는다. 저 사람도 받지 않는다. 발걸
음을 맞춰 뛰어가다가는 들킬 것 같다. 그때 남편이
전화를 받는다.

"어, 잘 놀고 있어? 오늘 날씨 추운데 뭐 입었어?"
"나 패딩이랑 추리닝 입었지."

남편이 아니었다. 신도림 술집 골목에서 내가 착

164

각한 그 어느 누구도 내 남편이 아니었다. 나의 잠
복근무는 그렇게 마사지숍 앞에서 겨우 마무리됐
다. 택시를 타고 돌아오면서 하루 종일 의심했던 내
자신에게 실망했다. 허깨비에 홀린 사람처럼 아무
도 아닌 사람의 목소리가 남편 목소리로 들리고, 모
르는 사람의 뒷모습이 남편의 뒤통수처럼 보였다.
나중에 알고 보니 남편의 무리는 횟집을 가려다가
피자집이 보여 피자를 먹었다고 했다. 실제로 횟집
옆에는 피자집이 있었다. 우리 사이에 신뢰라는 게
남아 있긴 한 걸까.

  시간이 지나고 창피한 일이지만 남편에게 이날
의 일을 고백했다. 당신을 너무 믿어주고 싶은데,
그게 잘 안 돼서 미안하다고 사과했다. 역시나 반응
은 예상 밖이었다. 남편은 웃겨 죽겠다는 표정으로
나를 신나게 놀렸다. 어떤 지점이 그렇게 재미있었
는지는 모르겠다. 그냥 나의 모든 의심과 고민과 괴
로움이 순식간에 우스꽝스러워졌다. 이제 이 정도
로는 실망스럽지도 않다. 믿지 못하는 건 내 탓인
것만 같아 속상해서 조금 울었다. 믿음이란 쌓는 것
보다 무너지기가 더 쉬운 걸까. 간신히 시멘트를 들

이부어 굳히려고 하는데 좀처럼 마르지가 않고 흘러내린다.

"우리 남편은 절대 그럴 리 없어! 우리 남편 말이 다 맞아."

나는 아무리 노력해도 이 간단한 믿음 하나가 도저히 이루어지지 않아서 헤어졌다. 무조건적으로 한 번만 더 믿음을 가져보기에는 기존에 내가 가진 데이터들이 너무 엉망진창이었다. 그럼에도 불구하고 믿지 못한 내가 잘못된 건지, 믿을 수 없게 만든 그의 잘못이 큰 건지 아직도 잘은 모르겠다. 그러나 분명한 건, 그는 나에게 확신을 주기 위한 어떠한 노력도 하지 않았다는 점이다. 돌아보면 그는 내 고민에 전혀 공감할 준비가 안 돼 있었다. 이 단단한 응어리를 용해하는 것도 온전히 내 몫이었다. 과실로 따지자면 '백 대 빵'인 것 같은데, 내가 피를 철철 흘리며 상대방 차량의 보험 접수까지 해주고 있었다. 죄송합니다. 제가 하필이면 그 자리에 있어서 들이받히고 말았네요. 다정도 병이라더니 가끔은 나 같은 아내가 있는 그가 부러울 지경이었다.

결국 그의 그런 나태함이 사람과 사람 사이의 신뢰를 떠나서 행복한 결혼생활에 대한 믿음조차 설익게 만들었다. 살면서 부부끼리 예기치 못한 사고가 생길 수도 있고, 전쟁이 일어날 수도 있다. 그렇지만 그 과정에서 서로 학습하고 극복하고 틀린 점들을 반성하고 개선해 나갔으면 했다. 그래서 오랜시간이 지나고 훈장처럼 생긴 흉터들을 보고 킬킬대며 웃을 수 있기를 바랐다. (사고 쳐놓고 혼자 비웃는 것 말고.) 다시 돌아가면 나는 그에게 한 번 더 기회를 줄 수 있을까. 그 생각을 하면 여전히 마음은 힘들지만, 내 대답은 바뀌지 않는다.

믿습니까?

아뇨? 믿고 싶어도 믿어지지가 않는 걸 어떻게해요?

에브리 결혼 앤 이혼
올 앳 원스

● **BC 2419일~AD 1일**

'남편이 술 먹고 인사불성인 채로 들어와 부부싸
움하다 리모컨이 부서졌네요. 남편을 바꿀 수는 없
어서 리모컨을 바꿨습니다. 새로 샀는데 잘 되네요.'
'작성하신 리뷰가 5명에게 도움이 되었습니다.'

하늘 아래 수만 쌍이 지금 이 순간에도 썸을 타
고 연애를 하고 지지고 볶고 헤어지고, 그러다 결혼
을 하고 아이도 낳고 이혼도 한다.

나는 이혼을 왜 했냐는 질문에 명확하게 채울 서술형 답변이 없다. 앞으로 살면서 받게 될 수백 번의 질문들에 나는 뭐라고 답해야 할까. 그냥 아무 대답도 하고 싶지 않다. 남 얘기하기를 좋아하는 사람들에게는 그냥 '리모컨을 바꾼 김에 남편도 정리했다'고 말하고 싶어진다. 어차피 이유를 말하는 순간 말들은 불어나고 엉겨 붙어서, 내가 처음 보는 모습으로 재생산되어 해시태그처럼 남을 거다. 그래서 그런 세세하고 부끄러운, 사적인 답안들을 나는 더더욱 가리고 싶다. 그저 여러 날을 살아보고 난 이후에 나는 스스로 이 관계에 가망이 없다는 진단을 내렸고, 그 판단을 상대방 또한 이해하고 납득해 줬다. 그와 나 사이에는 남들에게 군이 말할 필요도 없고 말해서도 안 되는, 우리만의 역사와 우주가 있다. 그 사이에 억만 가지의 경우의 수가 있었고, 우리는 그중 단 하나의 결말만을 함께 겪었다.

그래도 몇백 페이지에 걸쳐 다 적지도 못하는 이야기들이 꼴랑 '이혼' '성격 차이' '돌싱' 같은 단어 하나로 요약되는 게 허무할 때는 있다. 그러나 아무리 설명해도 거기서부터 시작되는 게 또 다른 잣대고, 새로운 편견이라면 애초에 그들이 마음껏 생각하게 내버려 두고 싶다. 나를 설명할 필요가 없는 사람들에게까지 굳이 각주를 달아 설명하고 싶지는 않다. 오해할 준비가 돼 있는 사람들은 어떤 문장도 멋대로 해석한다. 예고편만 보고 본편을 마음대로 넘겨짚는 사람들처럼 이 책을 읽은 사람들도 나에게 특정한 이미지를 심어놓고 바라보게 될 테고, 그것들은 분명 내 일부분이지만, 전부는 아니다. 이쯤 되고 보니 '성격 차이'라는 말은 정말 멋지고 품격 있는 표현인 것 같다.

얼마 전, 전화 타로 선생님은 나에게 '유니세프'라고 말했다. 그리고 "선생님은 절대로 연애하지 마세요"라고 신신당부했다. 애초에 인간에 대한 기대를 갖지 말라는 말을 덧붙이면서. 모르는 사람들의 잣대와 편견 속 나는 어떤 모습일까. 그동안 나의 배려와 사랑은 그에게 도움이 되는 방향이었을까. 내가 가장 만족하는 사랑의 형태였을까. 나의 유니세프 활동은 언제쯤 끝이 날까. 스스로를 구원하기 위해 누군가를 구호하는 활동을 언제쯤 멈출 수 있을까. 지난 계절 코트에 넣어둔 몇 장의 지폐들처럼 그런 수많은 질문은 아직도 내 주머니에 남아 있다.

새롭게 맞이할 또 다른 나의 우주 속에서.

4부

물리적 이별

서운했던
마지막 식사

광주 출신인 그의 어휘는 재미난 것들이 많았다. 과자를 '반틈' 먹었다든지, 이것 좀 '터줘' 라든지, 볶음밥을 '보끔빱'이라고 발음한다든지 하는 것들이다. 머쓱한 상황에서는 '여롭다', 게으름을 부릴 때는 '해찰한다'고 표현했고, '겨우'라는 뜻의 '포도시' 같은 우리 외할머니가 쓸 것 같은 단어들도 자주 썼다. 워낙에 전라도 사투리를 좋아하는 나로서는 그 모든 말투들이 귀엽게 느껴졌다.

유독 그가 곧잘 쓰던 단어가 있는데 '서운하다'
였다. 여행에 갔다가 가보고 싶은 식당이 브레이크
타임일 때, 관광 스탬프에 도장을 찍고 싶은데 하필
이면 공사 중이라 들어가지 못할 때, 요리를 하다가
양파가 떨어진 걸 알았을 때 그는 "서운하네"라고
읊조렸었다. 그게 참 귀여웠다. 나는 늘 어떤 '인물'
에 대해 서운한 감정을 느낄 때만 그 단어를 썼는
데, 그가 '상황'이 서운하다고 사용하는 게 색다르
게 느껴졌다.

그런 그가 엊그제 옷 방에 들어가 물끄러미 허공
을 보더니 "서운하네"라고 말했다. 언제나 본인 마
음을 열어 보이지 않던 그에게 나는 "(내일이면) 짐
이 다 빠져서?"라고 물었다. 그는 그게 대체 무슨
소리냐고 대꾸했다. 다시 물었다. "내가 나가서?"
"그르지."

장거리 연애를 하면서 한 달에 두 번 만나는데도
만나기만 하면 휴대폰으로 게임을 하느라 정수리만
보여줬던 그가, 오늘도 내 앞에 앉아서 웹툰을 본
다. 이제 그의 정수리를 이렇게 가까이에서 그리고

이렇게 친숙하고 당연한 공기 속에서 보는 것도 오늘이 마지막이라는 생각에 나는 한참 동안 서운해했다.

서울로 발령을 받아 내가 살던 오피스텔에서 1년 정도 살았을 때 우리는 참 많이 싸웠다. 지금 생각하면 그냥 서로 예민했다. 그가 서울 생활에 적응하는 데 상당한 에너지와 시간이 필요했을 거라는 걸 알았기 때문에 참기도 했고, 알았기 때문에 싸우기도 했다. 우리는 좁아터진 슈퍼 싱글 침대에서 너무도 불편하게 잠을 잤다. 퇴근을 하면 기절하듯 자고 아침이면 새벽같이 일어나서 털레털레 나가는 뒷모습이 그렇게 안쓰러울 수가 없었다.

오피스텔에서 벗어나 신혼집을 얻어 이사하는 날, 우리가 직접 싸놓은 짐들은 용달차 한 대면 충분했다. 혼자서 다 들 수도 없을 것 같은 큰 짐을 용달 아저씨와 그가 직접 나눠 들어 옮겼다. 조촐하지만 단란한 살림살이였다.

"우리 마지막으로 여기서 뭐 맛있는 걸 먹을까?"

화곡동 오피스텔의 마지막 만찬은 대창덮밥이었다. 지금은 없어진 집이지만 너무 맛있어서 바닥까지 싹싹 긁어 먹었던 기억이 난다. 이삿짐 박스에 짐을 다 싸고 나니 바닥에 겨우 두 사람이 누울 공간만이 남았다. 침대는 미리 무료 나눔한 터라 바닥에 요를 깔고 잠을 잤다. 아침에 비 소식이 있었다. 우리는 결혼한 날에도 비가 왔고, 이사한 날에도 비가 왔고, 이혼 신고를 마친 날은 하늘이 참 흐렸다.

이혼을 하고 드디어 살림을 나누게 된 날. 이사를 앞두고 "마지막 반찬은 뭘 먹을까?" 그런 말들을 똑같이 나누며 상암동 낙곱새를 시켜 먹었다. "여기는 부추전이 맛있어." 우리는 〈카지노〉 마지막 회를 틀어놓고 밥을 먹었다. 주방 쪽에 있는 4인용 테이블을 놔두고 굳이 TV 앞에 작은 테이블에서 먹으려고 바닥에 앉았는데, 아파트가 중앙난방이라 거실 바닥이 많이 찼다. 불편했다. 그는 오후에 이직 때문에 면접을 보고 왔는데 잘 안 됐다며 서운해했다. 하루 종일 아무것도 못 먹었다는 그가 낙곱새를 절반이나 남겼다. 속상하거나 신경 쓰이는 일이 있다는 뜻이다. 그게 하나는 이혼이고 하나는 이직이었을 거라는 생각이 든다.

밥을 먹고 안방에 들어가 누운 그를 놔두고 넷플릭스에서 〈독전〉을 틀었다.

"〈독전〉 재미있어?"
"이번에 새로 나온 건 결말만 보면 된다던데."
"아, 아니. 나는 〈독전〉 아예 안 봤어. 넌 봤어?"
"응, 그럼 원래 버전을 먼저 보고 이번에 나온 익스텐디드 컷은 뒷부분만 챙겨 봐."

독전을 틀었는데 울 것만 같아서 집중이 안 됐다. 내일이 이사인데 짐도 한쪽으로 몰아둬야 하고, 낙곱새 도시락 재활용 쓰레기도 잘 치워둬야 하는데, 또 내 몫이었다. 안방에 먼저 들어가 누워 있는 그를 불러다 같이 한참을 치웠다. 웬일로 그가 벌떡 일어나 정리를 도와줬다. 기운이 없어 이번에는 내가 혼자 안방에 누웠다. 눈물이 펑펑 쏟아졌다. 코를 팽팽 풀었다. 그가 나를 불렀다.

"〈독전〉 틀어놓고 안 봐? 이거 볼만 해, 그래도."

179

내가 우는 걸 모르고 물어보는 질문이 아니다. 훌쩍거리는 소리를 듣고 나를 더 이상 울지 않게 하려는 일종의 달램이다. 팔소매에 눈물을 잔뜩 묻히고 누워서 더 울었다.

"나 이따가 전화 타로 볼 때 같이 들어준다며. 그만 울어."

전화 타로는 내가 추천했다. 같이 일하는 후배들이 너무나 용하다고 해서 봤는데, 나를 포함해서 보는 사람들마다 그렇게 잘 맞힐 수가 없었다. 꽤 젊은 여성분이었는데, CCTV처럼 생각도 맞히고 상황도 맞히고 비유도 좋아서 얘기하다 보면 홀릴 수밖에 없었다. 이직 문제 때문에 골머리를 썩고 있는 그에게 믿거나 말거나 해보라고 했더니 대뜸 밤 11시로 예약을 해둔 거다. 이사 때문에 내일 오전 6시부터 일어날 스케줄이지만 기어이 11시까지 뜬눈으로 기다렸다. 스피커폰으로 통화를 하면, 내가 노트북으로 받아 적어주기로 했다. 사실 어제는 이직 면접에 필요한 이력서와 경력 기술서도 나란히 앉아서 내가 직접 첨삭해 줬다. '누가 보면 사이좋은 사람들

180

같겠네' 하는 생각이 들었다.

통통 부은 눈으로 전화 타로를 같이 들어줬다. 타로 선생님이 한마디 한마디 할 때마다 나에게 '와 진짜 소름이다!' 하는 표정을 음소거로 보내며 그는 신나게 타로 점을 봤다. 그 신나 하는 모습이 마냥 신나 보이지는 않아서 또 적잖이 속상했다. (우리가 정말 사이가 좋았다면 더 키득거리며 신났을 거라는 생각에 슬펐던 것 같다.) 그는 내 앞에서 연애 운도 보고, 전 와이프가 잘 지낼지 궁금하다는 질문도 했지만 대답들이 내 마음에 들지는 않았다. 정작 그가 묻고 싶은 질문은 따로 있는 것 같았다. 나중에 들어보니 '전 와이프가 다시 돌아올 수 있을까요?'라고 묻고 싶었다고 한다.

타로를 보고 그가 담배를 피우러 나간 동안 거실 수납장을 보다가 눈물이 쏟아졌다. 초록색 스타벅스 컵 때문이었다. 대만 여행을 갔다가 두 개를 사 왔는데, 하나는 와인색, 하나는 초록색이다. 그 컵이 시야에 들어오자마자 이루 말할 수 없이 속이 상해서 눈물을 뚝뚝 흘렸다.

"스타벅스 컵 무슨 색 가질 거야?"

"그 컵은 두 개 다 네가 나한테 준 거잖아. 내가
전주에서부터 가져온 거고."

"아닌데? 내가 너 초록색 주고 나 와인색 가져서
우리 서울에서 합칠 때부터 저 컵 두 개가 합쳐진
거잖아. 아니, 그보다 말이야…. 내가 이런 얘기를
계속하는 이유는 뭐겠어? 그 컵이 갖고 싶어서일
거 아냐. 근데 너는 어쨌든 컵 두 개를 다 갖고 싶다
는 얘기야?"

"응, 두 개 다 내 거야. 네가 나 준 거고. 내가 다
가질 거야."

"나눠서 가진다면 무슨 색 가질 건데? 난 초록색
이 좋아."

"아니, 안 나눈다니까?"

"초록색 컵으로 마시면 물맛이 좋단 말이야. 맛
있다구…."

며칠 전 우리는 컵 문제로 여러 날을 옥신각신했
었다. 아무리 생각해도 내가 이렇게 좋은 컵 두 개
를 다 줬을 리 없다고, '커플템'처럼 나눴을 거라는
생각에 몇 번이고 다시 물었지만 대답은 늘 같았다.

그의 태도가 너무 당당하고 기억이 정확해 보여서, 그리고 나는 딱히 기억보다는 정황상 그랬던 것 같다는 정도였기 때문에 그의 말을 믿기로 했다. 하지만 초록색 컵이 꼭 갖고 싶었다.

서운했지만 어쩔 수 없었다. 컵 자체에 대한 욕심보다도 멀리 여행까지 가서 기분 좋게 사온 컵인데 내가 가질 수 없다는 생각 때문에 괜히 분하고 욕심이 났다. 그렇게 계속해서 소득 없이 징징대 왔는데 어제는 갑자기 그가 나에게 초록색 컵을 덜컥 가져가라는 거다. 너무 기뻐서 컵을 당장 내가 가져갈 거실장 안에 놔뒀는데 그게 지금 나의 거대한 눈물 컵이 되어 자꾸만 컵에 초록색 눈물이 찰랑찰랑 차오른다.

"뭘 보고 또 그렇게 울었누."

그는 놀리듯이 말했다. 부엌을 둘러보더니 거실장에서 컵이 사라진 걸 알아챘나 보다.

"컵 가져간다더니 안 챙겨?"

"응, 그거 눈물 버튼이야. 안 챙길래."

그는 딱히 더 대답이 없었다. 나는 저 컵을 가져
갈 수가 없다.

오피스텔을 나오면서 먹은 대창덮밥처럼 최근
일주일간 그와 마지막으로 먹은 부대찌개, 피자, 낙
곱새가 한동안 마음을 쿡쿡 쑤실 거다. 내가 초록색
컵을 보면 울 것 같은 마음처럼. 그래도 언젠가는
그 컵에도 새로운 정의가 쓰일 거라고 믿는다. 그렇
게 다행스럽게 모든 게 지나가고 그 모든 것에 새로
운 의미가 생겨서 괜찮아질 날이 올 거라 믿어 의심
치 않는다.

이사하는 날,
'두고 감'

● AD 222일

한참을 후끈하게 덥고 습했다가 내리는 비는 그만큼 굵고 묵직하다. 이사하는 날 짐을 나누고 이삿짐 트럭을 먼저 보내놓고 한참을 소리 내서 펑펑 울었다. 살면서 그렇게 크게 오래 울어본 적은 없는 것 같다. 안방 침대 옆에 쪼그려 앉아서 대성통곡을 했다. 수건에 눈물이 잔뜩 묻었다. 그 와중에도 이 집에 남을 짐들을 쓰기 좋은 동선으로 정리해 두고, 먼지를 훔치고 무릎을 꿇고 물걸레질을 했다. 그가 퇴근하고 돌아와서 혼자 이 넓은 방을 닦으면 너무 속상할 것 같아서. 물론 안 닦겠지만.

'이사. 3월 23일 목요일 402호 전출이 있습니다. 오전 8시까지 차량을 이동하여 주시면 감사하겠습니다.'

며칠 전 출근한 그가 사진을 찍어 보내왔다. 이삿짐 차량의 주차 공간 양해를 위해 세워둔 표지판이었다. 어색하게 답장을 했다.

바닥에 저건 눈물인가

그런 듯

이혼을 해도 가끔 그가 출근할 때 새벽에 같이 일어나 옷을 골라줬었다. 매일 입을 옷이 없다고 투덜대는 그에게 '바지는 이게 어울리는데' '신발은 뭐가 좋겠다' '이건 양말이 문제네' 하는 식이었다.

신혼 때부터 늘 해오던 일과였지만 이혼을 하고 나서도 옷을 골라줄 수 있을지는 몰랐다. 물론 이 과정도 하루아침에 이뤄진 건 아니다. 헤어질 날짜를 박아놓고 '친구' '룸메'라는 호칭으로 살다 보면 뭐든 체념하고 사이좋게 지내게 된다.

오늘도 그가 입는 옷을 봐주고, 출근길을 배웅해 줬다. 적당한 인사를 나누고 그가 또각또각 복도를 걸어가더니 다시 돌아와 비밀번호를 누르고 문을 열었다. 잘 가, 그가 손짓한다. 그는 꼭 장거리 연애를 할 때부터 헤어질 때 아련하게 인사하는 버릇이 있었다. 영화 〈괴물〉에 나오는 변희봉 아저씨처럼, 드라마 〈피아노〉에서의 조재현 아저씨처럼 그는 그렁그렁한 얼굴로 손짓을 하며 나를 보내줬었다. 그런 그가 오늘도 꼭 같은 방식으로 인사를 한다.

오전 8시에 신청해 둔 이삿짐 차가 7시 45분쯤 왔다. 직원분들이 인상이 좋고 손도 빠르고 서로 사이도 좋아서 정말 다행이었다. 나는 직원분들을 데리고 투어리스트처럼 가져가는 짐, 안 가져가는 짐 들을 직접 안내했다. 가져가지 않는 짐에는 직원분이 투명 테이프를 붙여 '두고 감'이라는 메모를 적어뒀다. 두고 감. 그 글자에서 눈을 떼기가 어려웠다.

이사를 하는 와중에도 이삿짐센터는 왔는지, 짐은 얼마나 빠졌는지 그는 수시로 물어왔다. 나는 사진을 찍어 틈틈이 보내줬다. 그냥 이것도 서로가 적응해 가는 어떤 절차라고 생각했다. '허전하네' '짐이 은근 많네' 이런 말들을 하며 오전을 정신없이 보내다 보니 짐들이 조금씩 빠져나갔다. 주방에 있는 짐들은 섞이지 않게 잘 구분해 뒀는데, 혹시라도 전부 다 챙겨버리셨을까 싶어 확인했더니 아니나 다를까 두고 가야 하는 칸의 물건까지 다 포장하고 계셨다. 나는 이삿짐 바구니를 뒤져 안 가져가는 짐들을 다시 찬장에 채워뒀다. 그 안에는 초록색 컵도 있었다. '잘 있어, 너는 내가 못 데려가.' 속으로 한마디를 건넸다.

집이 점점 비어갈수록 눈물이 그 자리를 자꾸만 채울 것 같아서 정말 꾹꾹 참느라 혼이 났다. 안 되겠다 싶어 바람이라도 쐴 겸 사다리차 직원분까지 네 명이 마실 음료수를 사러 나가는데 역시나 코앞

횡단보도에서부터 펑펑 울었다. 눈물을 줄줄 흘리며 계산을 하는데 '이 슈퍼도 다시는 못 오겠구나' 하는 생각에 울음이 멈추질 않았다.

그가 담배를 사러 나갈 때 가끔 따라 나갔던 슈퍼. 우리는 한바탕 싸우고 화해하러 산책을 할 때 이 슈퍼 평상에서 잘해보자는 말을 나눴다. 그가 코인 때문에 3000만 원을 잃었다고 했을 때도 소주 한 잔에 털어버리고 슈퍼에서 나란히 아이스크림을 사 먹었다. 그 좋았던 날들이 슈퍼 앞 고장 난 자판기처럼 이제 더는 작동하지 않을 유물이 된 것 같아 마음이 한가득 물기를 머금는다. 마침 날씨도 비가 올 듯 흐렸다.

다시 집으로 올라가 음료수를 나눠드리고 텅 빈 베란다에 서 있는데 '엄마랑 짜장면 사 먹어'라며 그가 10만 원을 보내왔다. 우리는 이 정도의 거리가 딱 적당할지도 모른다는 생각이 들었고, 이렇게 딱 적당한 거리였을 때 헤어지는 게 가장 슬픈 사건이라는 생각도 들었다. 죽일 듯이 미울 때 하루아침에 헤어졌어도 슬픈 건 매한가지였겠지만, 지난한 설득의 과정을 거쳐 지지부진하게 몇 달을 보내며 나는 지칠 대로 지친 상태였다. 마지막이라도 예쁘게 보내자고 참으며 보내온 시간이 길어서인지 마지막 날이 지나치게 슬펐다. 사실 이혼을 준비할 때는 하루 종일 한마디도 안 하고 어색하게 보냈는데, 다 마무리하고 이사를 앞둔 상황에서의 우리는 친구처럼 다정하고 편안했다. 그게 오늘 이렇게 대성통곡을 하게 된 이유 같았다.

모든 짐이 다 나가고, 이삿짐 차가 먼저 출발했다. 너무 짐이 많이 빠져나가서 공터처럼 말이 팡팡 울려 퍼질 것 같았다.

이제 나도 나가.

카톡을 보냈더니 그에게 전화가 온다.

"뭐 타고 가니, 엄마 오시라 하지. 점심 잘 챙겨 먹어, 전화할게."

그런 말들을 어색하게 하는 그의 목소리가 서운하고 슬퍼 보였다. 다시는 전화를 안 할 사람처럼.

어젯밤부터 펑펑 운 탓에 눈이 퉁퉁 부은 채로 택시를 타고 이사 갈 집으로 향한다. 가는 동안에도 굵은 눈물이 빗방울처럼 후드득후드득 떨어진다. 7년의 공기는 너무도 묵직하다. 인생의 5분의 1을 한 사람과 보냈다. 언제나 서로의 옆을 지키던 사람과 고민하고 속아주고 속여가며 치고받고 하다 보니 이렇게 됐다. 여전히 그 누구보다 친하고 그 누구보다 알 수 없는 그를 나는 이제 저 먼 아파트에 소파처럼 두고 떠난다.

'삶은 뒤가 아니라 앞에 있어.'

오늘 아침에는 그런 말을 되새기며 샤워를 하고 머리를 말렸다. 몇 번이고 주저앉고 몇 번이고 술에 취해 울 것 같은 나지만, 그동안 극복해 낸 모든 것처럼 최선을 다해 이겨내기로 스스로와 약속한다.

하루 만에 돌아온
신혼집

● **AD 223일**

"왜 울어?"

이사하면서 대성통곡을 했다는 말에 다들 의아
해한다. "당연히 눈물이 나지. 이삿날은 개차반이
야"라고 대답한 사람은 이혼한 친구 한 명밖에는
없었다. 그는 슬픈 게 아주 당연하다며, 이사할 때
절대로 혼자 하지 말라고, 한동안은 이렇게 우울하
고 눈물이 많이 날 거라고 했다. 친구는 내게 가족

192

이나 친구들을 자주 만나고 혼자 있거나 술을 마시지 말라고 조언했다. 자신은 운동을 한 게 아주 도움이 됐다고, 10킬로미터 정도를 뛰면 너무 힘들어서 슬픈 생각이 날 새가 없다고도 말했다.

하고 싶어서 한 이혼인데, 이혼하고 이사까지 하면서 왜 우냐는 질문은 이혼을 해보지 않은 사람들이나 할 수 있는 말이다. 그들은 나의 앞길이 이렇게나 창창한데, 날도 이렇게 좋고 봄도 오고 꽃도 필 텐데 왜 우는지에 대해 의아해하기도 하고, 펑펑 울어도 좋지만 그 슬픔이 오래가지는 않았으면 좋겠다며 담담히 위로를 전하기도 한다. 여전히 전 남편의 욕을 신랄하게 해주는 직설적인 친구도 있다. 모두가 고맙고 그들이 있어서 버틸 수 있다는 건 백번 말해도 아깝지가 않다.

이사를 하면서 텅 빈 집에서 펑펑 울었던 가장 큰 이유는 한 장면 때문이었다. 이 집에 처음 들어올 때, 앞으로 잘 살아보겠다는 희망찬 마음과 설레는 마음으로 가득했던 나와 그의 모습. 어디에 어떤 가구를 놓을까 고민하고, 화장실만 들어갔다가 나와도 포옹을 해야 지나갈 수 있는 그런 귀엽고 단란한 가정 속의 그와 나. 그런 것들이 잔상처럼 집 안 곳곳에 묻어 있었다. 화장실에 있는 그에게 화장지를 줄 때 너무 문을 벌컥 여는 바람에 그가 메모 게시판에 '이휘에게 휴지 줄 때 빳빳하게 눈을 쳐다보면서 줄 것'이라고 적어둔 것도 너무 웃겼고, '나의 사랑 나의 안사람=이휘'라고 술 취해 적은 글자도 사랑스러웠다. 그런 것들이 이혼하는 과정에서 단 한 번도 나의 마음을 뭉근하게 만든 적이 없었는데, 떠나는 날이 되니 유령처럼 모두가 내 발목을 붙잡았다. 그래도 어쩔 수 없다. '미안하지만 나는 가야 해. 잘 있어.' 그렇게 혼자 속으로 되뇌면서 발걸음을 옮겼다.

"아…."

한참 울다가 눈물이 멈춘 건 주머니 속에서 그의 차 키를 발견한 때였다. 이삿짐을 옮기는 동안 귀중품들을 잠깐 그의 차에 실어놨었는데 그걸 꺼내고 차 키를 그대로 주머니에 넣어서 이사를 왔다. 인생이 시트콤이구나. 어이없어서 웃음이 났다. 모두가

194

날 속이려고 작정한 몰래카메라 같다. '올라가서 백팩 챙기고 차 키 두고 와야지' 해놓고는 텅 빈 집과 눈물 바람으로 작별 인사를 하느라 차 키 놓고 오는 걸 깜빡했다. '결국 또 내일 그의 집에 가야겠구나.' 그런 생각을 하니 눈물이 쏙 들어갔다. 사실 짐이 서로 섞여 있을 수도 있고 앞으로 정리해야 할 재산분할 건이 있어 당분간은 연락을 계속해야 하는 상황이긴 했다. 그에게 물어보니 주말에 차 쓸 일이 있을 것 같다고 해서 바로 다음 날 가져다주기로 했다.

회식이 있다던 그가 밤에 연락이 왔다. 이제 곧 집에 다 와가는데 들어가기 싫다는 카톡이었다. 그는 문 열기 직전의 아파트 복도를 사진 찍어 보내왔다. '이제 들어가 봅니다.' 누가 보면 억지로 생이별한 사람들 같다. 집에 들어간다던 그가 한동안 말이 없다가 카톡이 왔다.

> 너 많이 울었겠구나.

또 눈물이 왈칵 났다. 그가 전화를 걸어왔다.

"집이 울리네. 우리 집 되게 크구나?"

그는 멋쩍게 웃었다. 잘 자라는 말을 나누고 그가 또 어색하게 한마디를 한다.

"전화해."
"응."

전화할 일이 없을 것만 같지만 나는 그렇게 대답했다. 그리고 오늘, 차 키를 주면서 다른 섞인 짐들도 함께 가져다줄 겸 쇼핑백에 이것저것 담았다. 혼자 아무것도 해 먹지 않을 그를 위해 햇반이나 3분 카레 같은 즉석식품들도 담고 라면도 담고 나무젓가락, 중식도, 이삿날 비가 온다고 해서 짐을 닦으려고 따로 챙겨뒀던 수건도 그 안에 담았다. 쇼핑백 두 개가 금방 찼다. 언제 오냐고 자꾸만 물어보는 그가 아예 저녁에 늦게 올 거면 집까지 데려다주겠다고 했다. 나는 거절했다. 거기까지는 안 될 것 같아서였다.

나 운동하고 갈 거라서 안 데려다줘도 돼

ㅇㅋ

내려와

　1층 경비실 앞에서 기다리는데 4층에서부터 엘리베이터가 내려온다. 아마 그일 것이다. 얼마 전에 산 맨투맨을 입고 있다. 차 키와 쇼핑백을 전해주는데 그가 짐을 받아 들고 곧바로 엘리베이터를 붙잡고 들어가며 나를 쳐다본다. 너무도 자연스럽게. 당연히 같이 올라가자는 관성의 제스처였다. 그는 내가 다시 그 집에 함께 올라갈 거라고 생각했던 것 같다.

　"들어가."

　나는 따라 들어가는 대신 담담한 표정으로 말했다. 그가 뭔가 깨달은 표정으로 엘리베이터 앞에서 멈췄다. 표정이 상당히 슬퍼 보였다. 그의 표정에서 슬픈 티가 나는 건 너무 오랜만이었다. 인사하는 표정이 울기 직전의 모습 같았다. 휙 돌아서 계단을 툴툴 내려오는데 그가 따라 내려온다.

"운동 끝나면 몇 신데?"
"모르지."

그가 담배를 한 대 문다. "오늘 이제 운동 끝나고 집에 가면 뭐해?" 이런 질문들을 하며 그는 아쉬운 듯이 서 있었다.

"차에 이제 짐은 없는 거야?"
"없지. 다 뺐지."
"그래, 잘가."

잘 가라는 말만 몇 번씩이나 하며 그가 나의 등을 두드렸다. 담담하게 인사하고 횡단보도를 건너는데 또 눈물이 펑펑 난다. 같이 올라갔다면 어땠을까. 빈집도 함께 둘러보고, 이사 후기도 얘기하면서 도란도란 이야기꽃이라도 피웠을까. 전혀 그렇지 않았을 것 같다. 어쨌거나 그 모든 게 이제는 당연하지 않은 사이가 됐다.

 카톡이 계속해서 울린다. 뭐는 왜 가져갔냐, 뭐는 왜 두고 갔냐 하는 내용들이었다. 이 모든 것도 결국은 사라져 버릴 감정이겠거니 생각하니 눈물이 더 많이 났다. 결국은 지나가는 감정이구나, 내가 더 참았다면 어땠을까, 그래도 참아내야지. 너무도 뜨거웠던 시간들이 이렇게 차갑고 매정하게 나를 휘두른다. 잘 참아왔던 눈물이 또 뚝뚝 흐른다. 언제나 그랬지만 누가 쳐다보든 말든 길거리에서 우는 건 주특기가 됐다.

 누군가는 "상대방이 죽었으면 좋겠다고 생각할 정도는 됐을 때 이혼을 하셔야 하는 거예요"라고 말하기도 한다. 하지만 나는 그가 잘 되기를 바란다. 오래오래 건강했으면 좋겠다. 새로운 사람을 만나는 것에도 딱히 관심이 없다. 그렇지만 새로운 사람을 만나서 그가 새 사람이 되는 건 싫다. 나한테 하던 대로 똑같이 행동했으면 좋겠다. 똑같이 게으르고, 어떨 때는 답답하고, 어떨 때는 미워 죽겠을 행동들을 변함없이 하며 살았으면 좋겠다.

"너는 변하지 마. 나는 너가 어떤 사람을 만나든 상관없는데, 변하고 철드는 건 싫어."

"알겠어! 약속할게! 나 안 변할게!"

"영원해."

"응!"

정말이지 진지함이라곤 한 군데도 없는, 아무 생각 없는 사람들처럼 우리는 이혼하고 나서도 이런 장난 같은 대화들을 나눴다. 그게 우리의 장점이자 단점이었다. 하지만 그게 정말 이혼이 장난 같아서도, 진지하지 않아서도, 아무 생각을 안 하고 살아서도 아니라는 걸 우리가 가장 잘 안다. 그렇게 하지 않으면 버틸 수가 없어서, 괜찮은 척 이상한 말들을 해서라도 그 공기를 채우는 것 말고는 버틸 방도가 없어서, 그와 나는 농담을 밥 먹듯이 해댔다. 이혼하는 마지막 날까지 '친구야' '친구야'라고 서로를 부른 것도 그 때문일 것이다.

아마 내일도 그는 어떤 핑계를 대서 나에게 연락을 할 거고, 나는 바쁘지 않은 이상 답장을 줄 거다. 그리고 이 간격은 점점 멀어져 결국은 거대한 공백

이 될 것이다. 그 공백의 공기가 지금보다는 더 숨
쉴 만했으면 좋겠다. 그렇게 조금씩 나아졌으면 좋
겠다. 어제는 꺽꺽대며 울었지만 오늘은 어제보다
덜 울어서 내일은 눈이 덜 부을 거라고 믿는, 지금
의 나처럼.

김유신의 말을 타고
전남편 집으로

● **AD 255일**

'이휘 님의 국민카드가(이) 1시간 안에 배송 예정
입니다.'

만든 적도 없는 체크카드가 나를 찾아온다는 문
자가 왔다. 메시지함을 뒤져 보니 그저께 문자가 와
있었다. 2023년 9월 자로 만료되는 체크카드를 갱신
해 새 카드를 배송해 준다는 내용이었다. '갖고 있
는 카드 중에 유일하게 모든 숫자를 외우는 카드인

데 아깝네.' 새 돈은 새 카드에 담으랬나. 하지만 나는 30분 안에 약속을 나가야 했다.

> 오후 4시 이후 수령 가능합니다.

성함과 생년월일 알려주세요. 카드를 우편함에 넣을게요. 27동 402호?

뇌의 생각 회로가 멈췄다. 27동 402호? 이혼하고 웨딩 앨범이 제 발로 찾아온 것도 모자라 이제는 이사했더니 뭐라고? 갱신된 체크카드가 김유신의 말을 타고 전남편의 집으로 찾아간다. 경로를 재검색해 주라. 거기가 아니야.

> 저 주소지를 변경해서 마포구가 아닙니다.

전화가 왔다. 배송원분은 목소리에 기운은 없지만 친절해 보였다. 주소지가 이전된 경우 카드사에 연락하면 다시 배송인을 배정한 후에 발송해 준다고 했다. 근데 뭐, 어차피 '우편함'에 넣어주시는 거라면 찾으러 가도 상관없잖아? 마침 약속이 집 근처라 일정이 끝나면 카드만 찾아오자는 생각이 들었다. 또 시간을 맞추고 카드를 기다리는 게 귀찮았다.

오랜만의 상암동은 변함없이 공기가 차고 좋았다. 내가 전국에서 가장 좋아하는 동네며, 가장 사랑하는 방송 일을 하는 곳이고, 나를 먹여 살린 자본의 출처이자 금융치료를 도와주는 금전적 고향이다. 마음이 맞는 작가님을 만나 맥주와 와인도 한잔했다. 내 글들을 읽고 지난날이 생각나 따뜻한 위로와 응원을 해주고 싶다고 하셨다. 그 공감의 마음만으로도 이미 큰 위안이 됐지만, 작가님 또한 나를 통해 '11년 전의 본인'을 위로하고 어루만지는 느낌이 들어 좋았다. 장소를 옮겨 평소에 자주 가는 카페에 갔는데, 함께 마신 커피가 유독 평소보다 맛있었다.

작가님과 헤어지고 그 집으로 걸었다. 내가 많은 것들을 '두고 간' 집. 일 끝나면 꼭 걸어서 퇴근하던 길을 조금 다른 신분이 되어 당차게 걸어간다. 카드. 카드. 나는 카드를 가지러 간다. 오늘따라 하늘도 건강해 보이고 햇살 받은 나무도 튼튼해 보여서 기분이 좋았지만 딱 한 가지 문제가 있었다.

　낮 동안 마신 맥주, 와인, 커피가 내 안에서 점점 찰랑거린다는 거였다. 왜 이런 것들은 급하게 갑자기 찾아올까. 일단 화장실이 너무나도 급하다. 가는 길에는 하천과 버스정류장뿐이고 가장 가까운 화장실은 '두고 간' 집뿐이다. 그에게는 미안하지만 나는 화장실을 써야 했다. 허락받을 시간 따위는 없었다. 양심보다 방광이 더 나를 꽉 조여온다. 집으로 올라가 비밀번호를 눌렀다. 그래, 바꿨을 리 없지. 조심스레 화장실을 이용했다. 이 정도면 나만 아는 프라이빗 휴게소인가? 별생각이 다 들지만 일을 끝마치고 나니 배부른 양심이 말을 건다. 그래, 예의가 있지.

> 갱신된 카드가 마포로 가서 찾으러 왔는데 화장실이 급한데 잠시 써도 되니

> ○○ 집 보고 안 놀랄 수 있다면

집이 더럽다는 얘기다. 허락받고 화장실을 쓴 척 했지만 사실 집 안이 쑥대밭인 걸 눈으로 확인한 후였다. 여기저기 빨래가 널려 있고 소파는 앉을 곳도 없이 옷 무덤이 돼 있었다. 휑했던 집에 전신 거울도 생기고 선풍기도 생기고 침구도 바뀌어 있었다. 딱히 크게 달라진 건 없었지만 그냥 모르는 사람의 집 같았다. 어렸을 때 살던 동네를 커서 다시 갔을 때 어딘가 모르게 낯설게 느껴지는 것처럼, 집 분위기가 많이 변해 있었다.

이혼하고 이 집에 온 건 오늘이 처음이 아니었다. 최선을 다해서 구분했는데도 몇 가지 중요한 짐들이 섞여서 집이 비어 있을 때 양해를 구하고 한 번 다녀갔다. 그는 세탁기와 냉장고 없이 살아보겠다며 바득바득 손빨래를 하겠다고 고집했는데, 내 몸통만 한 세제와 물에 잔뜩 잠겨 있는 옷가지들이 그 말을 증명하고 있었다. 마지막으로 대성통곡한 날보다는 얼추 사람 사는 집 같아 보였다.

중고로 구매한 것 같은 어쿠스틱 기타가 보여 튕겨봤다. 엉망진창인 소리를 내는 기타 줄은 할머니

바지 고무줄보다 더 느슨해져 있었다. 사놓고 한 번도 안 쳐봤구나. 같이 사는 사람에게 단 한 번도 안기지 못한, 마치 과거의 내 신세 같은 그 기타를 안고 무작정 조율을 마쳤다. 연주라고 말할 수도 없는 실력이라 아는 부분 몇 구간을 가야금 뜯듯이 뜯어보다가 그대로 소파 옆에 세워뒀다. 온 김에 폰 충전도 10분 정도 했다. 그가 알면 나에게 '전기도둑'이라고 할 것이다. 베란다에 서서 내가 좋아했던 아파트의 오후 소음을 들었다. 매일 보던 나무를 잠시 동안 바라봤다.

옷방에서 내 청바지와 폰케이스를 따로 담아둔 쇼핑백을 발견했다. 그래, 저걸 가져가면 이 집에 다시 올 일은 없다. 다시 코트를 챙겨 입고 집으로 가는 버스정류장에 도착했는데.

카드를 안 가져왔다. 애초에 목적은 우편함에서 카드만 갖고 나오는 거였는데 쓸데없이 방광이 '오바 육바'를 하고 여기저기 혼잣말로 갖은 참견들을 쓸데없이 다 하느라 정작 빈손으로 나온 거다. 다시 김유신의 말을 타고 전남편의 집으로 향한다.

어이가 없지. 요즘 스마트폰 때문인지 깜빡깜빡한
다니까 정말. 그렇게 우편함에서 다시 카드를 쏙
챙겨서 집으로 왔다. 저녁에 쉬는데 그에게서 카톡
이 왔다.

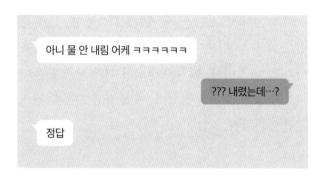

아니 물 안 내림 어케 ㅋㅋㅋㅋㅋㅋ

??? 내렸는데…?

정답

장난이라는 걸 알아채기까지 로딩이 너무나 오
랜 시간이 걸렸다. 나도 참 감이 떨어졌다. 그 잠깐
사이에 당황은 했지만 '창피함'은 딱히 느끼지 못했
다는 게 신기했다. 이런 게 안 창피한 사이가 있을
수도 있나.

코 푼 휴지를 그냥 두고 가신 듯

이건 맞다. 세상에. 기타를 조율하는 동안 에어 팟을 충전했는데 그때 코를 푼 것 같다. 그래도 다행이다. 같이 살 때 하도 안 치워서 그 정도 휴지 조각은 '배경'쯤으로 생각하는 줄 알았는데 다행히 '정물'인 걸 알아채는 사람이었다.

오늘 일이 반가웠는지 밤늦게 그가 한 번 더 연락을 해왔다. 야식 먹기에는 출출한데 시간이 너무 애매하다는 내용이었다. 안타깝지만 그런 '스몰토크'나 '수다'까지는 내 매뉴얼에 없다. 적당한 대답을 해줄 수가 없어 그대로 두었다. 오늘의 나는 생리현상에 굴복한 이기적인 사람이다. 그러나 내가 화장실을 좀 썼다고 해서 그가 나와 밤에 연락할 수 있는 건 아니다. 애초에 내가 다리를 꼬아가며 기어이 상가 화장실을 찾았어야 했는지는 모르겠다. 아니면 몰래 왔다 갔다가 모른 척했어야 맞았을까. 모르겠다. (사실 이건 양심상 도저히 안 된다.) 그가 우리 동네에서 화장실이 가고 싶다며 비밀번호를 물어오면 나는 우리 집의 비밀번호를 알려줄 수 있을까. 그것도 잘 모르겠다. 한 가지 분명한 건 내가 기타 조율은 기가 막히게 잘해두고 왔다는 사실이다.

우리들의
극단적인 근황

● **AD 256일**

"흑흑흑… 나 살고 싶지가 않다."

지갑을 잃어버린 게 내 탓이라는 그의 카톡에 답장을 하지 않았더니, 밤 12시에 어마무시무시한 전화가 왔다. 한밤중에 술에 취해 엉엉 우는 전남편 전화를 벌떡 일어나서 받는다. 며칠 전에 카드를 가지러 갔을 때 철봉에 매달려 있던 매듭의 모양이 번뜩 떠오른다. 그는 어떻게 하면 내 버튼이 눌리는지

아는 사람 같다. 그걸 정확하게 알고 있으면서도 매
번 똑같이 꾹꾹 눌린다. "어디야?" "무슨 일이야?"
계속해서 말을 시켜본다. 많이 취해 있다.

"어쩌다 잃어버렸는데?"
"몰라… 하… 주머니에 맥주 두 개 있는 게 더 싫
어. 나 거기 현찰 넣어놨단 말이야…. 짜증 나. 흑흑."
"얼마 있었는데?"
"30개."
"아…."
"나는 왜 살까…."

이혼을 결정한 후부터 그는 주말이면 대리운전
을 뛰기 시작했다. 내가 없어지니까 갑자기 부지런
하게 살려고 하는 것 같아서 그게 참 얄미웠다. 이
혼해도 변하지 않고 꾸준히 게으르게 살기로 약속
했으면서 토익 스피킹 책을 사는 걸 보고 잠깐 서운
했지만, 5분 만에 책을 덮고 e스포츠 경기를 보기 시
작하는 모습에 안심하기도 했다. 그런 그가 대리
운전만큼은 꾸준히 했다. 가까운 거리는 뛰어서도
가고, 밤늦게 모르는 지역에서 대중교통을 타고

느릿느릿 집으로 왔다. 그게 참 짠했다. 내 가장 친했던 친구가 아등바등 노력하는 모습이. 역시 뭐든지 짠하게 보이기 시작하면 마음이 약해지는 건 내 병이다.

"그래서 울어 지금?"

"응, 조금."

"크크… 뭘 이런 걸로 울어? 나한테 이럴 게 아니라 빨리 카드부터 정지를 하든 버스 회사에 전화를 해보든 해야 할 거 아냐."

"뭐야. 너 왜 이렇게 강해졌는데… 내가 강하게 잘 키웠네."

"넌 왜 그렇게 약해졌는데? 너야말로 내가 약하게 키웠구나."

"당장 내일 출근은 어떻게 하지?"

"그걸 왜 나한테 말해. 같이 술 마신 친구한테 말해라?"

신나게 웃으며 놀려준다. 웬일로 이성적으로 쏘아붙여도 본다. 그래 놓고 이내 마음이 약해져 이것저것 물어본다. 그는 몇 번 버스를 어디서 탔는지조

212

차 기억이 안 난다고 징징거렸다. 탈 때는 분명히 있었는데 내릴 때 카드를 찍으려고 보니 없었다고. "근데 왜 그냥 내려?" 의미 없는 질문이다. 그 후로 몇십 분을 달래주다가 '지난번에 집에 왔을 때 왜 마른반찬을 안 해주고 갔냐'는 농담을 농담으로 받아들여 주기가 어려워서 성을 내고 끊었다. '청소아줌마' 은퇴했더니 이제 '반찬아줌마'인 줄 아나?

"무슨 말을 그렇게 해. 아니, 말이 그렇잖아."
"넌 왜 내가 연락할 때마다 화를 내냐?"
"너가 연락 안 하면 화낼 일도 없어."

그렇게 전남편의 전화를 받고 놀랐다가 웃겼다가 마음 쓰였다가 언짢아져서 전화를 끊는다. 다음에는 속지 않는다. 헤어진 마당에 더는 괴롭힘당하고 싶지 않다. 금전 문제만 정리되면 반드시 차단하리라 다짐한다.

이혼을 하고 나서도 그가 독거노인을 챙기는 사회복지사 코스프레를 하며 가끔 내 안부를 물어오곤 했다. 사실 서로의 연락처는 그와 나의 극단적인

213

마지막 옵션이다. 결국 그렇다. 한밤중에 지갑을 잃어버렸을 때 연락해서 하소연과 푸념을 늘어놓을 사람이 전 와이프뿐이고, 공휴일 전날 쓰러질 정도로 아파서 수액을 맞으러 가야 할 때 태워달라고 할 수 있는 사람은 전 남편뿐이다. (나를 비롯한 내 친구들은 왜 이렇게 술을 좋아할까. 그 시간에 맨정신이었던 사람은 전남편이 유일했다.) 인터넷 이전 설치비가 나왔으니 입금해 달라는 연락도, 각종 공과금을 처리하기 위한 고지서 같은 카톡도 이혼의 진부한 과정이었다.

물론 우리도 차차 변해갈 것이다. 여름이면 함께 살던 신혼집의 전세 기간이 만료돼 내 보증금을 돌려받을 수 있을 거고, 재산분할을 적정히 마치고 나면 더 이상 연락할 필요도 없어진다. 이별로 가는 쾌속 질주에 과속방지턱을 자꾸만 들이미는 건 전남편 쪽인 것 같지만, 그럴 때마다 덜컹거려도 쭉 밟고 지나는 대신 천천히 브레이크를 밟아주는 게 내가 할 수 있는 최소한의 배려인 것만 같다.

외로움에도
근력이 필요해

● **AD 259일**

마음이 지칠 틈이 없게 집들이도 하고 친구들도 만나고 모임도 나갔더니, 결국은 몸이 지치고 말았다. 안 되겠다 싶어 약속을 끊은 지 일주일이 넘어가자 외로움이 불편한 손님처럼 우리 집에 방문했다. 나에게 주어진 건 평안하고 따뜻한 두 번째 독립생활이라고 생각했는데 방심한 틈을 타서 외로움이 미행하듯 따라붙었다. 내가 나약해질 때만을 기다리다 갑자기 문을 열고 훅 들어온다. 도저히 맨정신으로 이 감정을 겪어내기가 쉽지 않다. 그렇다고 술을 빌려 버티는 건 불법 과외를 받는 것 같아서 싫다. 정정당당하게 외로움과 결투하고 싶었다.

한번은 모두가 합심해서 숨바꼭질을 하는 것처럼 하루 종일 아무도 나에게 얼씬도 하지 않는 날이 있었다. 아무런 사건도 일어나지 않는 날들. 딱히 할 일도 없는데 그렇다고 별다른 의욕도 안 생겨서 며칠을 지루하기 짝이 없게 누워 있기만 했다. 내가 말은 할 줄 아나? 나 빼고 다 같이 숨은 거 아냐? 청소년기 이후 졸업한 줄 알았던 '도대체 인간은 왜 사는 걸까' '사는 게 지루하고 의미도 없다', 뭐 이런 생각들까지 쫄래쫄래 따라온다. 이쯤 되면 외로움이라는 감정이 참 두렵게 느껴진다. 자꾸만 조금씩 먹처럼 스며들어 내 마음을 온통 까맣게 물들일 것만 같다. '10억 주면 한 달 동안 집에서 스마트폰 없이 혼자 놀기 가능? 불가능. 무인도에 간다면 나는 반드시 사람을 데려갈 거야. 혼자서는 절대 살아갈 수 없지. 심심하다는 건 너무 괴로운 일이야.' 그런 생각만을 잔뜩 하다가 문득 내가 참 프로답지 못하다는 생각이 들었다. 그렇지. 나는 겨우 이 정도에 겁을 먹는 쫄보가 아니다.

여성 스포츠 선수들이 나오는 예능 프로그램을 꼬박 2년 넘게 했었다. 수많은 종류의 운동 경기 게임을 촬영하면서 내가 배운 건 '지치지 않는 마음'이었다. 그들은 누가 봐도 불리한 상황에서도 절대 포기하지 않는다. 대충 하는 법이 없다. 현역 선수들은 컨디션이 좋거나 나쁘거나, 성적이 뛰어나거나 저조하거나 매일 훈련장으로 향한다. 그들이라고 질문이 없었을까. 그래도 외친다. '해보자.' '더 가보자.' '할 수 있어.' 그 모습이 참 멋있고 좋았다.

"지치지 마."

물컵에 물을 채우며 혼잣말을 해본다. 지치지 마. 내가 나에게 해줄 수 있는 가장 강한 명령이다. 외로움도 버티려면 근력과 지구력이 필요하다. 녹은 치즈처럼 물컹하게 지쳐서 벌러덩 누워 있는 내 모습에 다시 한번 악을 질러본다. 해보자. 일어나자. 거짓말처럼 기분이 나아진다. 이제는 내가 나를 양육하고 키워야 한다. 좋은 것들을 보여주고, 좋은 것들을 먹이고, 좋은 생각들을 하게 만들어야 한다. 국가대표 선수들의 전담 트레이너처럼 내 인생을 가장 잘 아끼고 분석하고 계획할 수 있는 건 내 자신이라는 생각이 들자 지칠 여유가 사라졌다. 외로움? 배부른 소리 하네. 심심하면 나가서 러닝이라도 해. 그렇게 스스로를 다독인다. 괴로울 때마다 5킬로미터씩 산책을 하고 돌아왔다. 책도 읽고 글도 썼다. 미팅도 하고 일도 한다. 그렇게 나를 관리하기 시작하니 어제보다 오늘이 훨씬 수월하고, 외로움도 더는 꼬장 부리지 않는 것 같다.

외롭고 괴로워도 버텨내는 힘. 나도 나만의 근력을 키워나가 보기로 한다. 지금 당장 외로워? 당연해. 그건 누구나 겪는 감정이야. 일단 받아들이고 대신 그 자리를 좋아하는 것들로 채운다. 그게 긍정적인 사고방식일 수도, 운동일 수도, 일에서 얻는 성취일 수도, 주변 사람들과의 유대감일 수도 있다. 건조한 내 마음에 물도 주고 햇살도 준다. 매일매일 운동을 하면 근육이 생기는 것처럼 나를 위한 연습들이 나를 조금씩 더 단단하고 튼튼하게 만들어줄 거라고 믿는다.

어떨 때는 인생에서 나만 점수가 뒤처지고 있는 것 같다. 이혼을 하고 돌싱이라는 벼슬이 생기고 나니 어쩐지 남이 낸 파울에 나만 경고를 먹은 것 같다. 그러나 아직 나의 경기는 끝나지 않았다는 사실에 더 집중해 보려고 한다. 하프타임이라고 생각하자. 이혼은 패널티가 아니고 나는 루저가 아니다. 승자도 패자도 없는 인생에서 그저 후회 없는 플레이를 하자. 묵묵하게 천천히 득점해 나가면 된다. 중요한 건 꺾이지 않는 마음. 지금 나에게 필요한 건 스포츠 정신이다. 조금 힘에 부칠 때는 잠깐 쉬면 된다. 가끔 지칠 때마다 나를 다독여 줘야지.

지치지 마! 꺾이지 마! 누가 꺾여? 절대 안 꺾여!

이혼 후
첫 번째 '결혼기념일'을 보내며

● **AD 274일**

　　바닷가에서 산 폭죽이 나만 불량인 것 같을 때가 있다. 하필 내가 산 과일이 가장 못생긴 것 같고 어떨 때는 돌부리가 있다는 걸 알면서도 넘어진다. 나는 그럴 때 종종 웃어넘기는 편이었다. 이사를 하자마자 드럼세탁기 밖으로 물이 줄줄 새도 '정말 내 인생은 만화 같네' 하며 박장대소를 했고, 헬스장에서 실컷 운동해 놓고 정작 악력이 부족해 마트에서 토마토소스 병을 미끄덩 놓쳐 깨트렸을 때 껄껄 웃음부터 났다. (물론 직원분들에게 너무 죄송해서 후다닥 휴지를 가져와 바닥을 벅벅 닦았다.)

그런 내가 이혼을 했다. 그런데 이혼은 도저히 웃음이 안 났다. 한 가지 다행인 건 내가 이혼을 인생의 실패라고 여기지 않는다는 점이었다. 물론 과정은 녹록치 않았다. 혼자서 밥공기만 한 눈물을 흘리기도 하고 친구들에게 힘들다고 데굴데굴 하소연도 했다.

정제된 언어와 담담한 호흡으로 이만큼을 돌아보는 데에는 나름 적지 않은 인고의 시간이 필요했다. 무수히 많은 단상들 가운데 고르고 골라 여러 번 다듬고 체에 거르고 모서리를 깎았다. 그렇게 남아 있는 모양들이 나름 단정하고 올곧은 것 같아서 내 기준에 마음에 든다. 사실 현실의 나는 그리 점잖지 않다. "결혼반지 팔아서 낚싯대 하나 사고 술이나 사 먹어야지. 낚시 유튜브나 할까? 채널명은 중년 구독자들을 겨냥한 〈어복 없는 년〉 어때." 그런 시시껄렁한 농담이나 하면서 달큼하게 소주를 마셔 재낀다.

"나 다음 달이 결혼기념일이더라? 그날 뭘 하면서 보내야 할지 잘 모르겠어. 우울할까 봐 조금 걱정돼."

"… 누나 결혼했었어?"

열두 살이나 어린 친동생이 세상 대수롭지 않은 표정으로 나를 위로한다. 어이가 없어서 웃음이 팍 났다. 이혼을 하고 나면 감투 하나가 떡하니 생겨서 머리에 낑낑 이고 다녀야 할 줄 알았는데 생각보다 살 만하다. 오히려 겁을 먹고 스스로를 몰아세운 건 나 자신이었을 수도 있다. 모두가 쉬쉬하며 내 눈치를 볼 줄 알았는데, '내가 이혼했다고 얘기 안 했었나?' 싶게 아무렇지 않게 대해준다. 나의 모든 사랑하는 이들에게 참 감사하다고 말해주고 싶다.

생각해 보면 이혼이 뭐 벼슬이라고 돌싱 대접을 받으려고 했나 모르겠다. 어제 라면 먹은 사람, 오늘 아침 버스 타고 출근한 사람, 여름 휴가로 제주도를 다녀온 사람처럼 나는 그냥 작년에 이혼한 평범한 사람이다. 적어도 스스로를 이렇게 너그럽게 생각하는 유연함을 꾸준히 챙겨가야겠다.

돌싱이라는 단어에 담긴 '떠난 곳'과 '돌아온 곳'은 어디일까. 혼자가 된 사람들을 보고 축하하고 안심하고 안타까워하는 사람들이 유독 '돌아왔다'는 표현을 쓰는 이유는 뭘까 싶었는데, 애초에 우리 모두가 혼자서 인생을 출발하기 때문인 것 같다. 나는 결국 안전하고 온전한, '나'라는 출발점으로 되돌아왔다.

　이 과정을 용감하게 글로 쓰기 시작한 나 자신에게 고맙다. 오늘은 이혼하고 처음 맞는 나의 '결혼일'이다. 기념하기도 잊어버리기도 쉽지 않은 하루. 나는 이날을 다른 특별한 기록으로 덮어쓰고 싶어서 그동안 쓴 글들을 엮어 브런치 북에 〈잘 쓴 이혼일지〉라는 제목으로 발간했다. 이제 오늘은 나에게 또 다른 좋은 날로 기록될 것이다.

　이혼일지, 참 잘 썼다.

5부

마침내 엔딩

티끌 하나 없는
마음

● **PS**

그 영상을 참 좋아한다. 한 여자가 흙탕물이 가
득 든 컵 앞에 앉아 있다. 흙이 섞여 이미 더러워진
물을 작은 스푼으로 퍼내며 이렇게 말한다.

'물이 가득 찬 투명한 물컵을 마음이라고 했을
때, 더러운 흙이 푹 들어갔다고 해보자. 말하자면
이 흙은 나쁜 일, 나쁜 기억이야. 나쁜 기억들을 꺼
내서 없애는 데 계속 집착하고 노력해도 물컵에 담

긴 물은 좀처럼 깨끗해지지 않지. 그럼 어떻게 하면 되냐고?'

영상 속 여자가 갑자기 물컵 위로 많은 양의 물을 들이붓는다.

'더 좋은 기억들을 부어주는 거야. 그럼 물컵 안의 물이 막 흘러넘쳐. 그러면서 안에 들어 있던 흙도 함께 밖으로 자연스럽게 나오게 돼. 물은 점점 자연스럽게 깨끗해져.'

덕수궁에 있는 배롱나무를 정말 좋아해서 꽃이 피면 꼭 보러 간다. 꽃은 빛깔이 곱고 어딘가 부끄러운 색인데 나무의 줄기는 생각보다 튼튼하고 과묵하다. 구불구불 비틀거리며 자라난 것 같아도 가까이에서 보면 우직하고 단단한 모습이 커다랗고 웅장한 기지개 같아서 좋다. 오죽헌의 배롱나무, 덕수궁의 배롱나무가 나의 '최애', 내가 가장 사랑하는 나무들이다.

사무치는 일이 생기면 조계사를 간다. 향을 피울

228

때의 경건함도 좋고, '이따만한' 부처님이랑 눈싸움을 하고 돌아오면 내가 조금 더 강해지는 기분이 든다. 마음이 시끄러울 때마다 찾아가면 조금은 적막에 젖어 돌아온다.

작년 봄, 결혼생활로 너무나 괴로웠을 때 말다툼 끝에 집을 나왔지만 갈 곳이 없었다. 그때도 조계사를 갔었다. 그리고 지난 토요일, 날씨가 좋아 들렀는데 그날과 꼭 같은 풍경의 행사가 진행되고 있었다. 같은 자리에 같은 플라스틱 의자를 두고 앉아 주변을 둘러보았다. 그날과 전혀 다른 마음의 내가 전혀 다른 얼굴을 하고 평온하게 앉아 있게 됐다는 사실에 감사함과 안도감이 차올랐다. 눈을 감고 합장을 하는데 마음이 아주 깨끗한 물처럼 맑고 평화로웠다. 티끌 하나 없는 평안함. 하얀 대접에 정갈히 담긴 물 한 그릇 같은 마음. 몇 년 동안 불확실한 감정들 사이에서 스스로 책임을 짊어지고 다짐하는 기도들을 해왔는데 이제는 아무 걱정 없이 웃을 수 있게 됐다는 사실이 새삼 낯설고 놀라웠다. 아무튼 푹 안심이 된다. 하반기가 이렇게 지속적으로 평안하기를 바라는 마음으로 탑을 세 번 돌고 집에 돌아왔다.

좋은 걸 더 많이 담아. 그 의미가 참 좋다. 왜 이런 이물질이 내 마음에 들어왔을까 하고 한탄하는 데에 시간을 뺏기는 것보다 그 시간을 더 건설적인 계획과 예쁜 행복으로 채우는 일. 그걸 참 잘하고 있다고 생각했다.

나의
관계학 이론

● **PS**

관계란 일종의 인테리어라고 생각한다. 그냥 내가 그렇게 정했다. 세상 사람과 사람 사이는 다 각자 서로 가장 예뻐 보이는 구도와 거리가 있다. 너무 가깝지도, 너무 멀지도 않은 적당한 거리. 그래서 누구는 가장 중요한 곳에 두고 가까이 왕래해야 행복하고, 누구는 잘 보이는 곳에 걸어두고 가끔 바라봐야 제일 아름답고, 어떤 사람들은 당장 필요할 것 같아도 막상 쓰임이 없어 무더기로 창고에 두고 잊어버리게 되는 거다. 어떤 사람을 어느 위치에 두는 게 가장 알맞은지를 잘 알아야 관계도 마음도 조화로울 수 있다는 게 나의 관계학 이론이다.

가장 알맞은 구도를 왜 일방적으로 정하느냐 묻는다면, 마음이란 건 각자가 주인이기 때문이다. 수많은 사람과 껴안고 부딪치고 실망해 가면서 손때도 많이 묻고 흠집도 나지만 내 방의 온기와 분위기는 스스로가 제일 잘 안다. 품에 들일 사람과 아닌 사람, 마음이 가는 사람과 아닌 사람의 구분이 명확하다. '나를 여기에 놓아줘'라고 요구해도 집주인이 '싫은데?' 하면 그만인 거다.

물론 사람이 사람을 한눈에 제대로 알아보는 것도 힘든 일이다. 너무 마음에 들어서 들였는데 막상 나와는 안 어울릴 때도 있고, 어느 곳에 둬도 어색해서 처리하기 곤란할 때도, 반대로 어쩌다가 운명처럼 잘못 배송된 게 아무 데나 둬도 그럴싸할 때도 있다. 여기서 중요한 건 이 돌발 상황들을 대응하고 처리하는 방식이다. 맞지 않는 옷을 반품하듯 마음에 들지 않는 관계를 단호하게 정리할 결단력이 우리에게는 필요하다. 굳이 이 넓고 아늑한 공간에서 나와는 안 맞는 존재를 낑낑 이고 살 필요가 없는 거다.

나 역시 내가 알아보고 좋아해 온 그의 모습이 현실과 달랐을 때, 내가 그려온 밑그림과 그의 풍경이 일치하지 않았을 때 그걸 부정하기가 정말 힘들었다. 그저 반품하기에는 늦었다고 생각했는지도 모르겠다. 결심하기가 버거워서 그냥 그대로 몇 년을 더 버티고 몇 달을 더 살았다. 아무리 미워도 매일같이 그를 쓸고 닦고 가꾸고 좋아했다. 그러나 문득 돌아봤을 때는 그를 돌보느라 내 안의 많은 것들이 시들고 있었다.

이 사람과 어디까지가 가장 '알맞은 거리'였던 걸까, 그런 생각을 해본다. 더 가까이 두지 말고 적당한 거리를 유지했다면 지금 같은 상황은 없었을까. 오래전, 왠지 모르게 마음이 끌려서 내 공간에 기꺼이 들였던 존재가 오히려 나를 오랫동안 고단하게 만들고 말았다. 어딘가 어색해도 꾸역꾸역 한가운데에 놔두고 매일 불편한 동선으로 살았다. 나에게 그다지 어울리지 않는 방식으로. 마음의 까치 발을 들고 살금살금 배려해 가면서. 어느 순간 그게 나의 당연한 생활습관이 됐다.

그동안 내가 꽤 불편하게 지내고 있었다는 사실을 진정으로 깨달은 건 이혼한 이후였다. 말끔해진 마음의 방을 그윽하게 바라보며 '이렇게 살 수도 있었구나' 하는 처절한 깨달음을 얻었다. 감정의 묵은 때를 청소하고 나서 예전보다 반짝거리는 방을 봤을 때의 기쁨과 뿌듯함. 절절한 시원함. 그 방대한 해방감이 나에게 큰 위안을 줬다. 없이는 못 살 것만 같았던 존재와의 이별과 정리는 그렇게 나에게 만족감과 안정감이라는 보상을 줬다. 그 모든 감정이 나에게 이혼이 두고두고 잘한 선택이라는 확신을 주고 있다. 이제 다시 물을 주고 꽃도 피우고 있다. 달콤하게 환기도 잘 되는 것 같다. 정돈된 내 마음을 여기저기 자랑할 수 있어 다행이다.

정물화를 그릴 때 삼각구도를 배우는 것처럼 관계의 인테리어도 매뉴얼이 있다면 얼마나 좋을까. '이런 사람은 주로 무난하니 가장 가까운 큰 방에 두십시오.' '이 사람은 관리가 어려우니 주의를 요합니다.' 그것도 아니면 비슷한 경험을 했던 사람들이 소개하는 후기라도. 하지만 세상은 생각보다 녹록치 않다. 배우려면 겪어야 한다. 결정하고 처리하고 다시 쓸고 닦는 과정까지 모든 게 내 몫이라는 걸 알았다. 이 모든 걸 해내서 다행이고, 해내려고 노력하고 용기를 냈던 과거의 나에게 정말 감사하다.

앞으로는 내 기준에 가장 그럴듯하고 자연스러운 방식으로 관계의 구도를 맞춰 나가고 싶다. 소신 있게, 내가 좋아하는 사람들은 내가 완벽히 확신하는 거리에 두고 마음껏 좋아해 줄 거다. 가끔은 소중한 사람들을 전시하기도 하고, 적당한 계절이 오면 또 새로운 누군가를 들이기도 하면서. 언젠가 또 마찰이 생기고 배송 오류가 나기도 하겠지만, 적어도 그때만큼은 또다시 억지로 참거나 불편하게 지내는 일은 만들지 않기로 다짐한다.

재입고 알림과
문의 폭주

'개봉 후 가급적 빨리 섭취하여 주시기 바랍니다.'

'이 제품은 견과류를 사용한 제품과 같은 제조시설에서 제조하고 있습니다.'

'본 제품은 공정거래위원회 고시 소비자분쟁해결 기준에 의거 교환 또는 보상받을 수 있습니다.'

음식에도 성분 표시가 있듯, 자기소개에 나를 이루고 있는 항목이 한 줄 더 늘었다. 내 모습을 표현

하는 수많은 수식어에 '이혼'이라는 키워드를 새로 추가해야 한다.

결혼을 품절로 인식하는 사회에서 나의 재입고 소식을 듣게 된 주변 사람들 반응은 대부분 비슷했다. 누군가는 의연하게 잘했다는 말을 건네고, 누군가는 다행이라는 위로를 전하고, 누군가는 고장 난 시계처럼 뚝딱거리며 애매한 표정을 지어 보인다. 모두가 무례하지 않게 최대한 예의를 갖춰준다. 그 조심스러운 마음들이 참 머쓱하고 감사했다.

재입고 알림을 받자마자 감사하게도 꽤 괜찮은 사람들이 나에게 호감을 표시하고, 호의를 베풀었다. 그리고 상당히 티가 나게 보살펴 줬다. 이혼 소식을 알고도 이성적으로 다가온 사람들도 있었다. 그때 나는 알았다. 누군가 나를 교제할 목적으로 좋아할 것 같으면 다급히 말해줘야 한다는 사실을. 나는 결혼과 이혼을 한 번씩 한 적이 있는 사람이라고. 혹시 해당 알레르기가 있는 사람은 반드시 나를 피하라고. 다행스러운 건가 싶게 그들은 나의 예고편을 자연스럽게 받아들여 줬다. 사실 매몰차게 떠나갔어도 서운하지는 않았을 것 같다. 그저 이렇게 성분 표시가 중요하다는 사실을 새삼 깨달아간다. 상대가 나를 받아들이고 말고는 그다음 문제고, 나를 어떤 시선으로 바라볼지도 그들의 몫이 크다. 앞으로도 이렇게 감정의 캐치볼을 주고받으며 조금씩 적응해 가야 하나 보다.

이혼을 두려워한 적이 없었고, 겪고 나서 난감한 적도 없어서 정말 다행이다. 모든 정리가 되고 나서 처음으로 같이 일하게 된 새 프로그램의 팀원들에게도 굳이 이혼 사실을 숨기지 않았다. 심지어 가끔은 농담의 소재로 활용한 적도 있다. 어떤 노래를 들으면 "어, 그거 제 전남편이 축가 때 부른 노래예요", MBTI 얘기가 나오면 "아 저랑 전남편이 정반대였는데 그래서 헤어졌나 봐요" 같은 매콤한 마라맛 농담들. 그때마다 미혼인 팀원들은 동공지진이 나며 적잖이 괴로워했다. 뭐라고 대답해야 할지 모르겠다는 말과 함께. "자학 개그 하지 마세요"라는 말을 덧붙이며. 사실상 따지고 보면 내가 괴로운 건 아니라서 '자학'은 아니었다. 괴로운 건 오히려 듣는 쪽이었나 보다. 앞으로는 내 쪽에서 더 조심하기로 한다. 나는 아무렇지 않게 내뱉어도 듣는 사람들은 소화하고 반응할 시간이 필요한, 어떻게 보면 그들에게 더 부담스러운 화제일 수 있으니까.

결혼을 했어도 '둘'이라고 느끼지 못한 날이 있었고, 이혼을 해도 '혼자'라고 느끼지 않는 날이 있었다. 그냥 내가 오롯이 나 자신을 잘 이해하고 받아들이면, 나를 바라보는 사람들도 나를 불필요한 관점 없이 받아들여 줄 거라고 믿는다. 그런 사람들에게는 굳이 내가 지나온 경로와 헤맨 길의 이름까지는 설명하지 않아도 될 것 같다.

리바운드 연애와
크레이지 러브

● **PS**

　가구를 살 때 알맞은 가격대를 고르고, 색깔과 재질을 선택하고, 디자인과 크기를 가늠하는 건 매우 중요한 일이다. 나는 쉬거나 누워 있다가도 벌떡벌떡 일어나 줄자를 손에 든 채 집 안 곳곳을 돌아다니며 군인처럼 가구의 각을 잡고 배치를 고민한다. 온라인 쇼핑으로 가방을 살 때는 모델 착용 컷을 꼼꼼히 살피고, 옷을 살 때는 상세 사이즈를 꼭 체크한다.

사람을 배우자로 들인다는 건 어쩌면 가구를 들이는 일보다 더 신중하고 체계적인 과정이 필요했을 수 있다는 걸 이제 와서 생각해 본다. 수납 공간은 넉넉한지, AS 과정에서 소비자 의견은 잘 반영이 되는지, 빛깔은 고운지. 하다못해 마트에서 물건을 하나 사더라도 수많은 브랜드 중에 하나를 골라내 카트에 담는데 평생을 함께할 반려자는 왜 그렇게 내 자신을 합리화해 가면서 골랐던 걸까.

그렇지만 나는 안다. 사람을 만나는 일은 그렇게 이성적으로 측량하고 가늠할 수가 없다는걸. 그래서일까. 나는 내 결혼을 정당화하는 데 꽤 많은 노력과 심리적 정성을 투자했다. 재는 법을 잘 몰랐던 것 같다. 굳이 말하자면 내가 살 집에 나 자신을 맞춘 느낌. 그렇다고 꼭 알맞은 느낌이 들게 한 것도 아니었으면서.

최근 나에게 호감을 표시하는 사람들이 생겼다. 그들은 하나같이 마음이 착하고, 나를 들여다봐 줄 심적 시간적 여유가 충분한 좋은 사람들이다. 만나면 하나같이 나를 편안하게 해주고자 노력한다. 하지만 그 어느 누구와도 연애를 시작하고 싶은 감정은 없다. 그저 맛있는 걸 먹고, 좋은 공기를 쐬고, 즐거운 대화를 나누다 집에 돌아오는 것으로도 충분하다. 어쩌면 오래 묵혀뒀던 가구를 처분하고 새로 꾸민 집에 또 다른 새 가구를 들일 준비가 아직 안 된 것 같다. 그렇다고 대충 적당히 마음에 드는 가구를 계절별로 바꿔 갈아 치울 생각도 없다. 빈 공간 그대로도 적당히 멋스럽다는 생각이 든다.

이러고 보니 언제나 나에게 일상과도 같았던 연애가 벌써부터 밀린 방학숙제가 된 것 같다. 이제 겨우 시작된 방학인데 벌써부터 손대고 싶지가 않은 기분. 이렇게 시간이 흐르면 숙제는 계속해서 밀리거나, 또 다른 방학이 올 거다. 그래도 한 가지 분명한 건 남의 숙제를 어색하게 베끼거나 성급하게 어설픈 답안을 쓰고 싶지는 않다는 거다.

나보다 2~3년 먼저 겪은 돌싱 친구는 내게 리바운드 연애를 추천했다. 슛이 빗나가서 공이 튕겨 나오면 림에 맞고 튕긴 그 볼을 다시 잡아 찬스를 또 만들면 된다며. 친구는 그렇게 네 번 정도의 리바운드 연애 끝에 지금은 혼자서도 안정적인 시기를 지내고 있다고 했다. 그리고 필요하면 편하게 만날 사람을 소개해 주겠다고 덧붙였다. 그러나 나는 리바운드 연애가 싫다. 자꾸만 안 들어가는 공에 집착할 바에는 포지션을 교체하고 싶다. 공을 바꾸든지. 어쩌면 휴식이 필요한 걸지도 모르겠다.

사람과 만남을 시작하는 데 어려움을 느끼는 건 싱글들도 마찬가지다. 오늘은 오래 알고 지내던 친구 한 명을 만나 카페를 갔다. 오늘의 화두는 '크레이지 러브'였다. 우리는 미친 사랑을 하기에는 너무 나이가 들었다고 단정 지었다. 분명 아직 젊다는 건 안다. 하지만 '크레이지'하기에 우리는 너무나 제정신이고 특히나 '러브'는 힘든 도전이 되고 말았다. 친구는 30대 중반이 지나자 그 어떤 여자에게도 거대한 열망이나 정복욕을 느끼기 힘들다며, 행여나 어떤 분위기가 생겨 그럴듯한 하루를 보내게 될 것 같은 타이밍이 와도 생각보다 마음이 앞서지가 않는다고 덧붙였다. 관계를 책임져야 한다는 부담감. 내일을 약속해야 할 것 같은 무게감. 손에 쥔 것도 얼마 없으면서 잃을 걱정부터 하는 시기가 벌써 오고 만 거다. 다시 한번 두려움 없이 사랑을 시작할 수 있을까. 우리는 어쩌면 불쏘시개처럼 우리의 마음을 들쑤셔 불태워 줄 누군가를 찾고 있는지도 모르겠다.

"그럼 말이야. 이런 관계는 어때? 그 어떤 약속도 부담감도 없이 정말 육체적 관계만 허락하는 파트너 사이를 하겠다고 자청하는 사람이 나타난다면? 정말 관계만을 위한 사이."

잠깐의 정적 끝에 친구가 말했다.

"그건 스포츠잖아."
"그렇지, 스포츠지. 거의 1 대 1 헬스 트레이너랑 비슷한 느낌 아닐까? 고객님 금요일 3시 되세요? 아뇨, 전 4시 이후 가능요."

우리는 카페에서 박장대소를 했다. "그래, 그건 거의 유산소잖아." "그렇지 당근 '쿨거래' 같은 거야." 사실 의미 없는 대화였다. 우리는 그런 육체적인 관계마저도 거부하는 것으로 결론을 냈다. 그런 관계야말로 더더욱 허무하고 허전할 것이다.

　한참을 웃고 떠들다 보니 카페 밖 풍경이 어두워졌다. 오늘 저녁은 비가 온다고 했다. 한때는 인생도 예보가 있어 흐린 날씨에는 우산을 갖고 나갈 수 있으면 좋겠다고 생각했다. 그러나 인생이란 예측할 수 없기에 더 매력적이고 사랑스러운 것 같다. 그래도 언젠가 크레이지 러브가 폭풍처럼 들이닥친다면 그전에 바람이라도 좀 불었으면 좋겠다. 마음의 준비를 할 수 있게.

　친구는 내가 사랑하는 사람에게 보이는 눈빛이나 표정이 궁금하다고 말했다. 생각해 보니 누군가에게 그런 사랑하는 표정을 지어 보인 지가 참 오래됐다. 그러나 잊지는 않고 있다. 언젠가 사랑이 시작되면 반드시 가장 다정한 눈빛으로 따뜻한 표정을 지어 보일 거다. 꿀이 뚝뚝 떨어지는 표정으로. 그런 달콤한 날이 늦지 않게 봄비처럼 왔으면 좋겠다.

상실에서
결실로

● **PS**

얼마 전, 내 옆에서 걷는 사람이 나에게 물었다.

"걸음 속도 괜찮아요?"

그런 물음이 너무나 오랜만이고 반가워서 한참을 웃었다. 함께 걷는 상대방의 속도를 살펴주는 건 어쩌면 당연한 일이라고 생각하는데도, 그런 작은 배려가 참 고마웠다. 나도 그동안 누군가에게 그런 당연한 기쁨을 줬을 거라고 생각하니 뿌듯하기까지 했다. 나는 누군가를 사랑하면서도, 동시에 그 누군가를 사랑하는 내 모습 자체를 사랑했었던 것 같다.

한동안은 연애 울렁증이 생긴 것 같다는 생각도 들었다. 누군가가 나를 좋아해 주는 건 놀랍도록 감사한 일이지만, 막상 연애를 하고 싶다는 말을 들으면 갑자기 구속되는 기분이 들어 한없이 답답해졌다. 인생 대부분을 연애하며 살아와서 그동안은 딱히 혼자만의 고요함이 좋다고 느낀 적이 없었다. 그런데 이제는 누군가가 나의 정서적 공간을 '침범'한다고 느끼는 순간 날카롭게 반응하고, 마음에 견고한 벽이 생긴다. 그리고 그 과정에서 상대가 나의 벽을 허물고 싶어 하면, 굉장히 자세하고 논리적으로 내 감정을 풀어 설명하고 원하는 바를 단정히 요구하게 됐다. 지금까지는 누군가와 서로 맞춰가는 방법을 겨우 흉내만 냈었는데, 이제 그 방법을 조금 더 체득한 것 같다.

내가 불편해하는 방향으로 상대가 나를 바꾸려고 하거나, 스스로 '이 관계에 무리하고 있다'고 생각이 드는 순간 냉철하게 멈추는 것도 놀라운 변화다. 다 쓰고 남은 마음을 겨우 저축하듯 대하는 사랑은 별로라고 생각했는데, 이제는 오히려 내가 나에게 마음을 먼저 쓰고, 남은 만큼을 타인에게 아낌없이 건넨다. 늘 감정만 앞세운 사랑을 했었는데, 이제는 충분한 이성을 바탕에 둬야 관계가 더 단단해진다는 걸 이해하게 된 것 같다. 한동안은 이 모든 변화가 다 거부반응이고 연애 울렁증이라고 생각했다. 그러나 이제는 오히려 건강하고 바람직한 절차이자 더 성숙한 대처인 것 같다.

무엇보다 나 스스로에게 집중하는 시간이 많아진 점이 가장 좋다. 아직도 갈 길이 멀긴 하지만, 많이 배우고 성장했다. 잘 헤어졌고, 잘 아물었다. 물러 터졌던 과거의 내가 정말로 그렇게 바라고 원했던 모습으로 차츰 변하고 있다.

적어도 밥공기만 한 눈물을 뚝뚝 흘리고, 처음 가보는 동네를 정처 없이 걷고, 괴로운 기억에 눈을 질끈 감고, 불안해하고, 혼자서 괜찮은 척 견디다 '이혼 후 심리 변화 5단계' 같은 유튜브 콘텐츠에 기대던 나는 이제 없다. 정말 온데간데없다. 그저 괜찮은 일이 생길 것 같다는 생각만으로도 하루가 모자란 내가 있을 뿐이다.

그렇게 상실이 또 다른 결실이 된다.

버티는 삶에 대하여

✳

  '〈나의 문어 선생님〉 본 느낌이야. 상어한테 다리를 뜯기고 숨어서 나오지 않던. 마음 졸이며 기다렸는데 혼자 이겨내고 새로운 다리를 갖고 나왔던. 이쁘네. 내 이쁜 딸 장하다. 사랑한다.'

  책의 초고를 읽은 엄마에게서 온 메시지가 나를 울렸다. 나는 인생에 울퉁불퉁한 골짜기들이 생기면 그 안에 반드시 맑은 물이 고일 거라고 믿는다.

역경이 생기면 그만큼 내 인생의 수업료를 내야 하지만, 반드시 거기서 얻는 거스름돈이 있을 거라고. 그게 마일리지처럼 쌓여서 굳으면 더 단단하고 강해질 거라고. 그래서 당장은 흠집이 생기는 것 같아도 다음번에 비슷한 어려움이 찾아왔을 때, 쉽게 다치지 않도록 그 경험들이 엠보싱처럼 폭신폭신한 쿠션이 되어줄 거라 믿는다. 나에게는 이미 몇 개의 크고 작은 골짜기들이 있고 그곳에 비친 내 모습은 충분히 대견하다. 그러나 가까운 미래에는 그런 완충재가 없어도 스스로 이겨낼 수 있을 만큼 내가 더없이 올바르고 곧은 사람이 되기를 소망한다.

이혼을 하고 정말로 강해지긴 했다. 결혼생활을 하면서 절대 잠에서 깨어나지 않는 용을 깨우기 위해 발악하는 무사가 된 느낌이 들 때가 있었는데, 지나고 보니 나에게 이혼은 그 무엇도 두렵지 않게 만들어주는 갑옷 같은 걸 선물했다.

다 겪고 보니 정말 세상에 딱히 겁나는 게 없었다. 언행이 거칠고 난폭한 사람을 만나도 더 이상 쫄지 않았고, 쓸데없이 깐족거리고 야비한 사람을 만나면 따끔하게 한마디 갈겨줄 용기도 생겼다. 어떤 메커니즘으로 강해졌는지 모르겠는데, 정말로 훨씬 더 강하고 튼튼해졌다. 굳이 센 척 흉내 내지 않아도 자연스럽게 마음에 강한 기둥이 하나 생긴 것 같다. 다행이다. 이 난리 통에 그래도 좋은 기적을 경험했다. 내 인생의 '꽤 괜찮은 업데이트'다.

왜 불우하면 꼭 우울해야 할까. 불행하면 꼭 어둡게 살아야 할까. 세상에는 그렇지 않은 사람들이 더 많고, 그만큼 내적 여유를 가진 사람들이 충분히 존재한다. 나는 이혼한 사람들이 하나같이 우울하게 어깨를 축 늘어트린 채 계절마다 외로움에 사무쳐 집에서 김치에 소주나 먹는 루저가 아니라는 사실을 만인에게 공표하고 싶다. 이혼을 하고 나서도 좋은 사람과 밥도 먹고, 데이트도 하고, 가슴 설레는 메시지도 주고받고, 저녁이면 맛있는 요리를 만들어 친구들과 나눠 먹는다. 그리고 누구보다 열심히 커리어를 관리하고, 서로를 존경하는 선후배들과 건설적인 고민들을 나누고, 나 자신을 돌보는 데에 신체적 정신적으로 많은 시간을 투자한다. 하루하루가 참 달콤하고 값지다.

그저 이혼을 하고 나서 달라진 게 있다면, 옛날에는 "손수건을 갖고 다니는 남자와 결혼하고 싶어" 같은 말을 스스럼없이 하고 다녔지만 지금은 어떤 남자와도 딱히 결혼하고 싶다는 마음이 없다는 것, 설사 저런 농담을 한다고 해도 '결혼'이라고 해야 할지 '재혼'이라고 해야 할지를 잠깐 고민하는 과정이 필요해졌다는 것뿐이다. 싱거운 농담에 가끔 '꿀렁' 하고 제동이 걸릴 때가 있을 뿐, 나의 삶은 이전과 다를 바가 없다.

　　이혼기념일이라는 게 세상에 존재할까. 이혼한 지 꼭 1년이 되는 날이었다. 앞으로 다시는 기념할 필요가 없는 그 멋진 하루에 나는 좋아하는 친구들과 술을 잔뜩 먹고 온종일을 숙취로 보냈고, 그렇게 술이 덜 깬 상태에서 스튜디오 대본을 A4 용지로 95장이나 썼다. 나를 묵묵하게 사랑해 주는 친구들의 눈빛에 잔뜩 파묻혔다 나오고 나니 한결 속이 시원하고 좋았다. 그리고 지금은 이혼한 지 벌써 2년이 되어간다. 나를 울고 웃게 했던 그 찬란하고 치열했던 날들이 어쩐지 아득하게 느껴지는 걸 보니 인생의 또 한 챕터를 넘어왔나 보다. 지나고 보니 나의 결혼 에피소드는 이 엔딩이 맞다. '세이브 포인트'로 돌아갈 필요도 없어졌다. 결국 좋은 것으로 덮어쓰다 보면 나도 모르게 경험치가 쌓일 거라는 믿음과 함께 나의 이혼도 이렇게 끝이 난다.

오늘도 어제와 별 다를 바가 없는, 평범하지만 멋있고 짓궂지만 다정한 나에게 무수한 응원을 보낸다. 그 어느 때보다 행복하고 앞으로 더 행복할 준비가 되어 있는 나에게. 가까이에서 보면 구불구불하거나 희미한 점선이더라도 멀리서 보면 올곧은 방향의 직선인 나의 마음에게.

KI신서 13026

잘 쓴 이혼일지

1판 1쇄 인쇄 2024년 9월 6일
1판 1쇄 발행 2024년 9월 30일

지은이 이휘
펴낸이 김영곤
펴낸곳 (주)북이십일 21세기북스

인문기획팀 팀장 양으녕 **마케팅** 김주현
교정교열 김찬성 **디자인** studio forb
출판마케팅영업본부장 한충희
마케팅2팀 나은경 한경화
출판영업팀 최명열 김도연 김다운 권채영
제작팀 이영민 권경민

출판등록 2000년 5월 6일 제406-2003-061호
주소 (10881) 경기도 파주시 회동길 201(문발동)
대표전화 031-955-2100 **팩스** 031-955-2151 **이메일** book21@book21.co.kr

ISBN 979-11-7117-804-9 03810

(주)북이십일 경계를 허무는 콘텐츠 리더

21세기북스 채널에서 도서 정보와 다양한 영상자료, 이벤트를 만나세요!
페이스북 facebook.com/jiinpill21 **포스트** post.naver.com/21c_editors
인스타그램 instagram.com/jiinpill21 **홈페이지** www.book21.com
유튜브 youtube.com/book21pub

당신의 일상을 빛내줄 탐나는 탐구 생활 〈**탐탐**〉
21세기북스 채널에서 취미생활자들을 위한 유익한 정보를 만나보세요!